サイバラ志麻子 悪友交換日記

文：岩井志麻子
絵：西原理恵子

サイバラ志麻子悪友交換日記

文：岩井志麻子×絵：西原理恵子

はじめに

理恵子ちゃんと志麻子は、かなり昔から一緒にイベントやったりテレビ出演したり旅行したり、互いに作品に登場させたりと、公私ともに仲良しなわけであるが。

コラボ連載、そして共著というのは実はこれが初めてなのだ。先に連載を持っていた理恵子ちゃんが相方に私を推薦してくれ、このような奇跡の下品マリアージュとなった。

期待と恩に報いようと精一杯、ヘタレな私なりに下品を突き詰めていったつもりだが。理恵子画伯の気合の入った下品さと隠しきれない品格の差に、文は絵に負けっ放しとなっている。

しかし改めて読み返し、理恵子画伯と志麻子を差し置いて活躍してくれる下品な面々に、私達が書いているというより、書かされてしまったという畏怖の念すら抱いてしまうのだ。

最多出場の一見ダンディーな紳士で実体はハードゲイのオネエ千鳥先生など、「あの人は、二人が適当にでっちあげた架空の人物では」みたいな疑惑を持たれてしまうのも、あまりにも逸話がホラ話のように突き抜けているからだが、もちろん実在する人物だし、エロい逸話もすべて実話である。

さて、理恵子と志麻子といえばあともう一人、熟女キャッツアイとの異名を取るメンバーに新潮社の名物編集者、中瀬ゆかりちゃんがいるが、彼女は今回の本にはまったく登場していない。仲間外れではなく、ゆかりちゃんには下品なエロ話がないのだ。今さらながらに気づいてしまった。

続編を出してもらえるなら、そちらには登場してもらえるよう……理恵子と志麻子が頑張っても無駄か。

仲良し20年
初のコンビ連載

目次

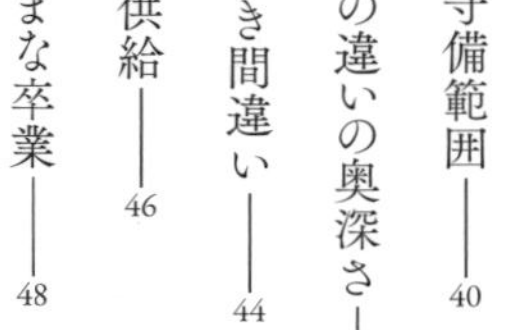

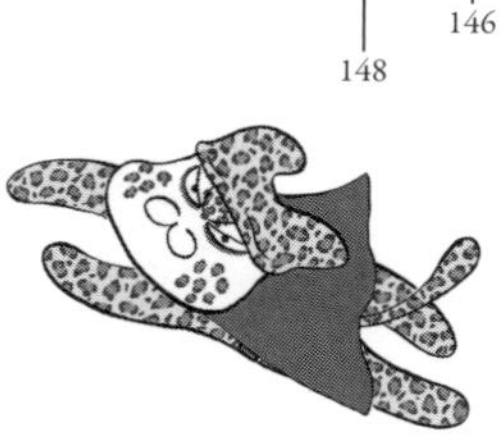

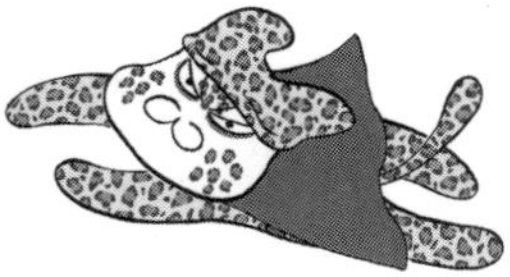

1発目●熟成肉女、そろい踏み！

　まさか『週刊大衆』で、連載なんぞさせていただける日が来るとは。

　しかも挿絵が西原理恵子画伯だなんて、激しく運を削って使いきってしまった気もするのですが、精一杯お下品に務めさせていただきます。

　私は作家と名乗っていますけれど、ヒョウの格好でテレビに出たりもする、イロモノのオバサンです。

　同い年の理恵子ちゃんとは元から仲良し。岡山でバツイチとなり、今は韓国人の十八歳下の夫がいます。

　前夫との間に二十八歳になる息子がおり、あとベトナムに二十年くらい続く九歳下の愛人がいます。

　この辺り、今後もよくネタにするはずなので、チンカスくらいの分量で心に留めておいてもらえると、話がスムーズに潤滑します。

　てな訳で初っ端には、夫ではなく愛人のネタを持ってきます。一昨年から海外旅行は困難になって、夫にも愛人にも会えない日々が続いているので、やや昔の話になります。

　愛人とホーチミン市内の店で飲んでたら、七十超えの白人男性が隣に来て、近くにいた五十ほどのベトナム女性を熱く口説き始めました。

　その店には客待ちをする若いプロ美人も何人かいたのに、ジイサンはオバサンにロックオン。

　心が腐っている私は、

「ジイサン、プロに金を払いたくないのね。シロウトのオバサンなら、無料でヤレると狙ってるな」

　というと、愛人は悲しげな顔で、

「金がかかる若い美人は怖い、ってのはあるかも。オバサンは優しく相手してくれて、金もかからない」

と答え、それって自分のことかよ、とも思いましたが、黙ってました。

ともあれそれを、遠い東京にいる理恵子ちゃんにラインしたら、

「違うよ。どちらも恋をしたいの」

と返ってきて、理恵子ちゃんの清らかさと、ダーリン高須院長との関係に納得いったのでした。

特に名は伏せますが、『週刊大衆』の編集者にいったら、素早くこんなんが返ってきました。

「ぼくも女に対しては、いかにコストを抑え、しかも確実にヤレるか計算しますけど。達成できたら、ああ、ぼくは恋もしてたんだなぁ、としみじみできますよ」

これは心が汚れているというより、切実で正直な、普通の男の気持ちではないでしょうか。

恋はしたい。けど、安くあげたい。それは、人類普遍の夢でしょう。

ついに念願のしまこちゃん
との連載
下品で
下品を
洗う!!
57歳
同い歳
共に
バツイチ
ちんぽと
おばさんの
小さな
恋の物語
はじまり

●Sくんの宝刀伝説

2発目

蓼食う虫も好き好き、とはいいますね。私は若かりし頃から、モテモテだったことなんか一度もないのに、なんか妙なマニアを引き寄せる汁は出しているようなのですわ。

私をおもしろがってくれている某金持ちオジサンも、

「コレクターは、一通りのものを揃えた後、最後は珍品を求める」

とかいってますしね。しかし、コレクターでなくても、珍品ばかり欲しがる人もいるもんです。

さて私はこれでもホリプロ所属なんですが、事務所も公認の、いってみれば公式ストーカーがいます。

息子とそんなに歳の変わらないSくん、コロナが出現する前の志麻子ファンツアーにも来てくれ、タイはバンコクに行ったんです。

大衆の愛読者ならわかるでしょう、バンコクの夜の街では、ビキニ姿で踊るセクシーお嬢さんがたくさん。

その男版もあり、ぴっちりパンツ一枚の青年達も、ステージで惜しみなくセクシーなショーを見せてくれます。それを見学に行ったら、ほぼ店が貸し切り状態になりまして。

店の人から、よかったらご一緒に、といわれ、Sくんステージに駆け上がり、パンツ一枚になったのです。

私はそのときから、Sくんを見る目が変わりました。目にしみるほど、憎々しいほどモッコリしてました。

これも即座にLINEで、東京にいる西原理恵子画伯に知らせましたら、さっそく漫画にされて、Sくんもストーカー冥利に尽きたでしょう。

しかし私も、無闇にファンに手は付けません。ところが帰国してしばらくしたら、行きつけのバーにSくんがいたのですわ。

ここで私は、あっストーカー、とは思いませんでした。またデカチン来たー、としか思いませんでした。

さて、その店はママの二丁目人脈で、とにかくゲイさんが多いんです。Sくんは女好き、いわゆるノンケ。

「このSくん、でかいんだよ」

と彼らにいったら、彼らも本当にでかいの？　と食いついてきて。Sくん、涼しい顔でこう答えました。

「小さくはないです」

一斉にゲイさん達から、

「やだー、これだからノンケは」

と非難めいた声が上がったのでした。私にはよくわかりませんが、そのいい方って絶対にノンケだそう。

私も、大きいです、といわないところに、Sくんの謙虚さではなく不敵さを感じ取ったのでした。

3発目●エロ現場での黄金バランス

某テレビ局に勤める汁太（適当すぎる仮名）は、見た目も良い感じで、仕事もできる好青年なんですが。

特定の彼女は作らず、変なエロ現場にばかり出没してるんです。

なんなんでしょうね、そこはいわゆる風俗店ではないのです。

「海辺でバーベキューをしながら、3Pしましょう」

「ドッジボール大会の後は、乱交しましょう」

みたいな、営利目的でない好事家の集まりなのでした。

単なるバーベキュー、ただのドッジボール大会なら興味ないし行きたくない、それはまだわかりますが。

「ただ3Pをするだけ、乱交のみ、ってのは興味ない？　行かない？」

と、疑問をぶつけてみましたら。

「ぼく、妙に照れ屋で、変なカッコつけなんです。エロだけ目的に来た、と見られるのが恥ずかしい。バーベキューしたくて来てる、ドッジボールが好き、あ、3Pも乱交も、ついでにやってもいいかな、みたいな顔していたいんです」

汁太は本当に気配りもできて思いやりもあるので、見知らぬ人達との3Pや乱交もそつなくこなせるのですが、こいつは嫌だと思ってしまう相手はいるそうです。

それは臭いとか見た目が好みじゃないとかではなく、バランスの取れてない人だそうな。

「本当にエロ目的の人なら、それこそ3Pだけ、乱交だけの場に行くでしょ。バーベキューだのドッジボール大会だの、最初から除外です。

ぼくが嫌なのは、そこ火を通しすぎ、その貝はこのソースで食べなきゃ、みたいにバーベキューに力を入れすぎてたり、試合に本気で勝とうと必死になって、女性に強くボールを投げつけたりする奴です。

早くやりたい、そろそろハメたいという下心を隠しつつ、小出しにしつつ、食事もスポーツもほどほどに、適度に楽しめる人がいい。

そういう人はエロ現場でも、満遍なく盛り上げてくれます」

わかるようなわからんような熱弁をふるう汁太でしたが、歳を取ってくると、こういうスケベの現場っていいかも、と思えてきました。

ただただエロい現場に入り込むのでもなく、枯れ切って淡々と趣味だけを楽しみにするのでもなく。

景色をスケッチしながら3Pしましょうとか、ゲートボール後は乱交しましょうとかね。

4発目●エロへの探求心

私は前回の東京オリンピックの年生まれなので、江戸時代なら寿命でとっくに死んでいる年頃なんですが、それでも日々「今初めて知った」という新たな驚きと学びがあります。

私の場合、だいたいがエロ関連の場においてなんですけどね。

「真珠入れたチン×は臭くないけど、ピアス入れたチン×は臭い」

先日も、あるゲイ男性にこんな話を聞かされました。

「シリコンやプラスチックの方がまだ、肌に馴染むのよ〜。皮膚に埋め込まれ、潜り込んでるし。でもピアスは、皮膚の上に露出してるでしょ。金属は汗や分泌物と混じって空気に触れると、肌との間で悪い化学反応を起こすんだわ」

なるほどなぁと感心もしましたが、私は世間からスケベなオバサンと思われている割に経験が乏しいというか、真珠入りのチン×もピアス入りのチン×も知らないな、と改めて気づいたのです。

死ぬまでに一度はどちらも試したい、と切望しました。

「本当にシリコン入りは無臭で、ピアスつけてると臭いのか」

というのを、確かめたくてならないのです。エロいことをしたいのではなく、新しいことを学びたい。

といっても、なかなか真意は伝わらないでしょうね。

しかしそのゲイ男性は、聞き捨てならんこともいいました。

お尻の穴を使わないゲイさんもいることはすでに知っておりましたが、やっぱり多くのその道に生きる方々は使用するわけですよね。

「ホテルに入ったら、まずシャワーのヘッドが取れるか確認よ。尻の穴に入れて、洗浄するためにね」

これは正直、聞かなきゃよかった、知らない方が幸せだったと後悔しました。清掃係がきちんと掃除をするといっても、ヘッドをいちいち外して消毒はしないでしょう。

ということは、見知らぬ誰かの尻の穴に入れたシャワーで、私は顔や体を洗っていたのね。

そんなことといってたらホテルだけでなく、公衆トイレの便器もレストランの食器も、見知らぬ誰かが使っていた、となりますが。便座や皿は、尻の穴には入れません。

けれど彼は、開き直るのです。

「尻に入れて中身を吸引してたら不潔だけど、あくまでも水を放出しているだけなんだから、使うたびに洗浄されてて清潔なのよっ」

5発目

●たどり着けない真実

先日、十歳ほど下のテレビ局勤務の亀男（いい加減な仮名）と飲んだんですが。亀男がまだ初々しかった頃、緊急事態の放送に備え、仮眠室に泊まった日があったそうです。

「暇だったんでつい局の電話を使い、ツーショットダイヤルで見知らぬ女とつながってしまいました」

なんだか妙に盛り上がり、

「会いたいわ。家で待ってる」

と、熱く誘われたそうな。

「相手はただエロ話で盛り上がった、純然たる素人女性でした」

亀男は思い出しながら目を充血させ、

「そんときのぼくの悶々はやりたい、じゃありませんでした。

『彼女は本当に、電話の向こうにいるのか』『この人は実在するのか』『本気でぼくと会いたいと願う女が、今近くにいるのは現実なのか』そんな思いで一杯になりました」

そうして亀男はついに局を抜け出し、彼女が教えてくれた家までタクシーを飛ばしてしまったのです。

「本当に、教えてくれた通りの町に、説明してくれたまんまのアパートがあったんですよ」

亀男が玄関ドアではなく、庭に面したサッシ戸の方に近づくと、

「すけすけのネグリジェで横たわる、若い女が見えました。亀男です、戸の隙間からささやくと、目をつぶったままにっこりしてくれました。

ぼくは確かに彼女がそこにいるのを確かめ、顔も見ました。

それだけで、猛烈に満足してしまったんです。本当に、それ以上を求めなかった。すぐその場を離れ、またタクシー拾って局に戻り、何食わぬ顔で緊急放送もしました」

だから彼は、局を首にもならずに出世もしているんですが。

「彼女、訳わかんなかったでしょうね。遠路をタクシー飛ばしてきた男がですよ、すけすけの格好で布団で待っていたのに、顔だけ見てすぐ帰っていった。彼女は傷ついたかなと、後から胸が痛みました」

亀男によると、美人とまではいかなくても、可愛い方だったとか。

「彼は私の顔を一目見て、ブーだと逃げてったのかな、と彼女は考えてショック受けたかも」

しかし彼女も、いくら想像を巡らせても、亀男の「そこに実在するか確認したかった」なんて真情にはたどり着けないでしょうね。

この世には、決してたどり着けない真実もあるのです。だから、この世はおもしろくも怖いのでしょう。

いたしたいという気持ちを秘めて覗くだけ
けっこうなお手前でございまする

6発目

●変態は犯罪者にあらず

世間は誤解しがちですが、決して私は変態ではありません。

これは、変態を蔑んでいるのでも、嫌っているのでもありません。

逆です。変態とは性を極めた人達であり、エロステージが高いエリート達だと尊敬しているのです。私なんか本当に何のひねりもない凡庸な、ただのスケベでしかありません。

そんな自分の性癖は若い頃からほとんど変化も進化もしてないのですが、尊敬する変態が、昔とはやや違ってきていま す。

昔はハードなSMや乱交を愛好する人や、命が危ないほどのオナ×ーに挑む人をすごいと感嘆してましたが、だんだんと枯淡の境地といいますか、侘び寂びといいますか、

「この人は、長い波乱の旅を終え、静かな故郷に戻って来たのね」

「山海の珍味、満漢全席、ご馳走を食べつくした後、結局は味噌汁と握り飯が一番うまいと悟ったのね」

と思わせてくれる人を敬うようになりました。たとえば、以前も登場させた某テレビ局勤務の汁太（いい加減な仮名）はネットで、

「夫婦の淫音を聞いてください」

という書き込みを見つけ、電話してみたら夫が出てきて、

「今から妻とやりますから」

というので、片手にスマホ、片手にチン×握って待ってましたが、

「なぁ、ベッド行こうよ」

「んも～あたし疲れてんだけど」

といった会話が延々と続き、まったく始まる気配がないのです。しばらくして妻が本当に寝てしまい、夫が申し訳なさそうに汁太に謝罪したそうです。しかし汁太は、

「もし唐突にあっはんうっふん始まったら、あ、やっぱりプロの演技だな、と白けたと思うんですよ。逆にこの二人、ヤラセなしと確信しました。本物夫婦の生々しい真実の会話に、大興奮しました」

そのテレビ局に出入りする作家の肉棒先生（適当な仮名）は、

「中学校のとき、水泳部の女子達が水着を干してたんだけど、ぼくは水着には見向きもせず、水着から垂れる水滴を啜ってた」

とかで、その嗜好性が自分を作家にしたと威張ります。この二人でわかりましたが、汁太が無断で他家の寝室を覗いたり、肉棒先生が水着を盗んでいたら、私は彼らを変態ではなく犯罪者として遠ざけました。

そう、変態は芸術家であるべし。犯罪者であってはならぬのです。

●最新エロ現場潜入記
7発目

連載はまだ七回目なのに、すでに三回も登場となるのが某テレビ局に勤める汁太（一応、仮名）です。

こんなところで首位打者になっても仕方ないと思いますが、いい話を次々に仕入れてきてくれるので、書かずにはいられないのです。

さて、コロナもだいぶおさまってきたので、汁太はネットで調べたエロ現場に突撃しました。

一見すると、普通の集団お見合いパーティー。多人数の男女が入り乱れての自己紹介や会話をした後、最後の告白タイムで、男が気に入った女子の元に駆け寄ります。

そして、あなたにお手合わせ願いたいと、コン×ームを手渡すんですって。受け取ってもらえたら、ヤレるわけですが。

「ちょっと待った～」

と、その女子を狙う別の男も割り込んでくるのです。昔テレビで人気だった、ねると○みたいですね。

汁太も気に入った、というよりハメたい女子にコン×ーム渡そうとしたら、割り込んできた男がいました。それが昔なつかし、人気漫画『が×デカ』主人公×まわり君に激似。

しかも×まわり君、すでに全裸になってて半勃ち。

あまりのヤる気満々ぶりと勢いに負け、汁太は辞退しよう、彼女をあきらめようとしました。

すると×まわり君、死刑！　とはいわず、遠慮すんなよと場を仕切り始め、女子も快く承諾してくれたので、3Pしたんですすと。

「とりあえず、ヤレて良かった～。あぶれてる人も、いましたから」

その後、汁太がしみじみいったことも私の心に残りました。

「女の参加者は若いぽっちゃりと、昔は美人だったろうな、と思わせる中高年が多いです。

前者の場合、若くてもぽっちゃりが過ぎると、あまりナンパもされない。後者は、若いときモテモテだったのに、次第に言い寄られなくなってきて、女の人生の黄昏時に焦りを感じているのです」

私は若いとき、髪が長くてミニスカはいてりゃ顔は関係なく美人として扱われるバブル期を過ごしたのですが、言い寄られなくなってきて寂しい、今はカサカサよ、といった焦りはないですね。

若い人に、おもろいエロ話を聞いて書くだけで、なんか充足しちゃってます。これ、枯れたというよりも円熟、じゃないでしょうか。

8発目 ●どちらも同じ?

私は身の周りの男すべてとヤッている、わけないでしょ。その一人が有名文化人の千鳥先生(適当な仮名)です。一見ダンディーな紳士、その実態はハードなオネエです。

さて何年か前、二人である寂れた商店街を歩いていたら、まるで廃墟みたいなソープがありました。

「私みたいな嬢が出て来るよ」

と冗談をいったら真顔で、

「若い人気女優が出てこようがアンタが出てこようが、アタシにはまったく関係ないわ。アタシにはどっちでも同じことよ」

と返されました。一般男子にとっては大違いでも、なるほど、ゲイにとっては確かに区別なく「どちらも要らない」なんだなと、妙にうれしいような気持ちにもなりました。

そして先日、千鳥先生の新居へ遊びに行き、自慢の海が見えるお風呂に入らせてもらったのです。本当に絶景だったので、入浴姿を撮ってもらいました。友達に転送しても問題ないよう、浴槽に浸かって肩から上だけを出しました。

ところが後で見たら、岡山県名産ぶどうピオーネみたいな乳首が、思いっ切り写り込んでいたのです。

「ちょっと千鳥先生、私の乳首が出ているのも、写り込んでいるのも、まったく気づかなかったの。いくら私がオバハンだからって~」

と、文句をつけましたら。

「うちの風呂に若い人気女優が入って乳首出してても、アタシは全然気づかないわよ。アタシにはどっちの乳首でも同じことよ」

再び、ばっさりと切り捨てられました。なるほど、ゲイにとっては確かに区別なく「どちらも気づかない」んだなと、妙にしみじみした気持ちになってしまいました。

そういう千鳥先生の運転する車に乗せてもらってると、先生ってば前を走る車や、すれ違う車のナンバーをものすごく目ざとく見ていて、

「前の車０７２よ、アンタの好きなオナニーじゃないよ。あらっ、あっちの車は４５４５、やだぁ、シコシコよ、エッチね」

なんていちいちエロに結びつけて、キャッキャしてるんです。

それこそ私は、すれ違う車のナンバーが０７２でも１２３でも意味はないし、同じことなんですよね。

いやしかし、千鳥先生の私の乳首への興味は、すれ違う車のナンバー以下なのかと思えば、いくら彼がゲイでもちょっと虚しくもなります。

9発目●夢もいろいろね

ちらっと目にし、見なかったことにした方もいらっしゃるでしょうが、少し前、各スポーツ紙に私の恥ずかしい写真が出ました。

作家生活三十五年を迎えての抱負など語らせてもらいましたが、ヒョウ柄のバニーガール姿でした。サービス精神が過剰というより暴走する私はその格好で股をおっ広げ、

「コロナ渦で、レギュラーだったテレビ番組が休止になり、収入が五万円の月があった。本業の文筆がジリ貧になってたのもヤバい」

と語ったら、一部で炎上とまではいかないまでも話題になってしまいました。というのもネット民が、

「岩井志麻子は、東京ローカル局の番組は自宅からリモート出演していたぞ。その出演料って一回一万円くらいなのか」

と騒いだのです。あの～私の発言は、そうは明言してなくても、いかにテレビの出演料に依存していたか、を語っていたのですよ。

つまり、テレビ出演料は原稿料より高いと、匂わせているわけです。

「御社の出演料が激安と誤解されるのは本意ではなく申し訳ないので、次回の出演時に釈明いたします」

あんたら行間ってやつが読めんのかと慄きつつ、その局の竿フトシさん（意味ある仮名）に相談したら。

「うちの局はちょっとイロモノっぽいサブカル的な存在と思われてるじゃないですか。出演料が激安というのは、さもありなん。元からみんな、そういう目で見てたんです。

あの局は出演料が激安、と思いたいんです。夢を見させてあげましょう。それもエンタメの一つです」

といわれました。夢もいろいろね。

ちょっと違いますが、たとえば好きなイケメン俳優がデカチンと噂されたら、ヤレないとわかっていてもなんか期待し、ときめきます。

逆に粗チンと噂されたら、これまたヤレないとしても、天は二物を与えず、という諺の正しさを証明された気になり、完璧な人なんていないもんね。と、なんとなく親近感を得たりもするんですよ。

ちなみに竿フトシさんはデカチンと噂されていて、もちろん私は拝んだことはないのですが、

「あなたがデカいの、週刊大衆に書いてもいいですかね」

と訊ねたら、即答されました。

「それはエンタメではなくジャーナリズムですね。事実を事実として書くのですから」

10発目●

誕生日に握ったもの

去る十二月、おかげさまで五十七歳を迎えました。特に活躍もなくうらやましがられることもなく、ただ歳を重ねているだけに見えるかもしれませんが、仕事にしても健康にしても人間関係にしても、格段のトラブルもなく細々と現状維持できていれば、こんな時代ではもう幸運、幸福なのかもしれません。無事之名馬、とはよくいったものです。

二度目の韓国人の夫も名馬ではないし馬並みってこともないのですが、とんでもない悪さもせずにいるようです。今はコロナで、直に会えなくなってますけどね。それは多くの人も同じ思いをしているので、あと少し我慢しましょうと、広く呼びかけるしかありません。

さて、そんな誕生日。夫も日本に来られないので、一人で八丈島まで行ってみました。

何年か前から突如として私の中に、元祖バックパッカーにして元祖NTR男（寝取られ、の意。妻に浮気されM的に興奮する男）金子光晴ブームがやってきて、先生が滞在した熱帯シンガポールやマレーシアをたどる旅をしていましたが、コロナ以降まったく海外に出られなくなって、悶々としていました。

金子先生の紀行文を擦り切れるほど読んでいたのですが、昭和初年のあの頃は、海外旅行といえば船旅。八丈島なら、南国気分も船旅も味わえるじゃないか、と思い立ったのでした。船で十時間というのも、ちょうどいいな、と。

熱帯とまではいかないものの、南国の花が咲く道を歩きながら、浮気者の配偶者と別れられない金子先生と自分を重ねてもいたのです。

執筆もしたかったので、帰りの船は個室を取りましたが。なんだこれ、という物を見つけました。

テーブルに、一見するとちょっと大きめの卵みたいな物がついているのです。出航してわかりました。揺れたとき、その卵型の突起を握ると転ばないで済むのです。

感動しました。実に合理的かつ的確な形。本当に、とっさに握るのにぴったりなんです。ああ、うちの夫にもこんなのついてるわ、とわかりました。太からず細からず。大きすぎず小さすぎず。心身ともに揺れたとき、握れば足元が安定する。

金子先生の奥様も、こういうの握ってたんだ、だから奥様も別れられなかったんだと、初めて奥様の方に感情移入してしまいました。

11発目

●短所の隠し方

知り合いに、芸能人ではないけれど、わりと人目に付くことをしているのに、前歯が抜けたまんまの男性がいます。大きく口を開けてしゃべりまくるので、かなり歯がないのは目立ちます。

「なぜ歯を入れないのかな。人目を気にしてないのかな」

前々から思っていたことを、共通の知人にいってみたら、

「ううん、彼は人目をすごく気にしてるんだよ。でも、彼が一番気にしてるのは、背が小さいことよ。身長から目を逸らさせたくて、わざと歯抜けを目立たせてるの」

といわれ、あっ、なるほどと膝を打ちました。たとえばデブの基準て、その人を知らない人に容姿の説明をするとき、真っ先にそれをいうかどうかですよね。

真っ先にデブを特徴として出されたら、その人は堂々たるデブです。

痩せずにそれを回避しようとすれば、髪形をモヒカンにするとか、服を常に全身ピンクにするとか、そんな上書き？　する手があります。

そうしたら、真っ先に特徴としてモヒカンやピンク色を出され、デブというのは二番目になります。

なるほど、前述の彼もその手を使っているのか。私も彼を、背の小さい人として見たことがありませんでした。ただただ、歯の抜けた人としか見ていなかったわ、確かに。

個人的な好みをいえば小柄な男は、男性ホルモンがギュッと凝縮、濃縮されてる感じでセクシー、好物です。統計的にも、出世する男が多いし。

そういえばお世話になっている某テレビ局の局長は、チン×が小さいと有名なんですが、チン×を出して

歩いたりしないので、実写版ジャイアンというふうに、局長を知らない人には説明しております。

最大の特徴は彼自身が隠したいのではなく、社会的に隠さなくてはならないものなのでした。

局長はチン×は小さくても器は大きく、チン×の小ささもネタにしてますが、もしチン×が小さいのをどうしてもいわれたくないと悩んだら、すごい数の真珠を入れてデコボコにしてみる、なんて手もあります。

ゴーヤみたい、と真っ先にいわれるし、思われるようになりますよ。

でもね、これまた男が思うよりもずっと、小さいチン×が好きな女は多いんですよ。それこそ、補おうとテクニックや気配りが上達する場合が多いですから。

12発目●クイズ王を直撃!?

もう大半の方が忘れているだろうし、当事者達も忘れ去られたいでしょうが、私が蒸し返します。

去年の春タレントA氏が、写真誌に撮られました。妻子ある身なのにセクシー女優をホテルに連れ込んだ、という内容でしたが、世間を騒がせたというより失笑させたのは、A氏は結局ヤレなかったのです。

なのに大きく報じられたのは、奥様の気持ちを慮れば笑ってばかりはいられないのですが、多くのマヌケさが散りばめられていたからです。

まずA氏は、ホテルに誘う前も、

「クイズ・セックス！　ぼくの好きな体位は何でしょう」

などと、エロネタで攻めまくったとか。クイズ・セックスなるパワーワードも、世間を笑わせました。

ともあれA氏はラブホテルに彼女を連れていきますが、そこは女子会も開かれる南国風おしゃれホテルで、ケーキバイキングもあります。

A氏はまずこれに誘ったのですが、A氏のお目当てがケーキであるはずがなく、とりあえず彼女を部屋には連れていけましたが、彼女はベッドは断りました。するとA氏おもむろに、ボロンとナニを露出したとか。

私は記事を読んだとき、ここけっこう引っかかりました。ボロン。この擬音、重量感があります。A氏のナニ、デカそうじゃないですか。

私は元々A氏は面識もあり、好感持ってたんですけどね。先日、再会したとき、つい突っ込んでしまいました。下心全開なのに、ケーキバイキングを言い訳や口実にするのはどうよ、と。するとA氏、

「それはぼくのためではなく、彼女のためにやったんです。もしホテルにいるところを知り合いに見られても、ケーキバイキングに来ていた、と彼女が言い訳できるように」

あ、なるほど、A氏やっぱり根は良い人なのかなと見直しました。

さらに、私にもクイズ・セックスを振ってみろと私がセクハラしたら、A氏は明るく乗ってくれました。

「クイズ・セックス！　ぼくがラブホのケーキバイキングで食べられなかったものは何でしょう」

答えは「セクシー女優」。さらにボロンについても突っ込んだら、

「すでに勃起してたから、ボロンとなりました。普段のぼくなら、ポロッくらいです」

A氏、あまり反省はしてないようですが、良い人ではあるので、もうそんな責めないであげてください。

13発目

●高学歴の心得？

他誌の宣伝のようで恐縮なのですが、この連載とともに志麻子のライフワークとなっているのが、『週刊新潮』の「黒い報告書」です。

実際にあった事件を元にエロ小説仕立てに創作する名物連載で、書き手は毎回違います。子どもの頃からこの連載が大好きというかオカズにしていた私。まさか長じて書き手の一人になれるとは、エロい夢も持ち続ければ立派に昇華するのです。

さて、そんな私が最近書いたのが、御存じの方も多いでしょうが、我が国では最高峰の大学を出たエリート研究者が無修正動画を売りまくって逮捕された事件です。

自ら男優になっていたことからもわかるように？　彼が強くこだわったのは、「擬似ではない本物の自分の汁を使う」ことでした。

ここで私は、十年くらい前のある出来事を思い出しました。親しかった編集者が公私に渡る悩みを抱えて顔色が悪くなり、荒んでいっていたので、これまた親しいAV関係者に話してみたところ、

「男優として出演し、デトックスしてみたらどうだろう」

などと、とんでもない提案をしてきたのです。当然、編集者は断わると思ったのに。出ます！　と即答。この編集者もまた、今回逮捕されたエリートと同等の名門大学卒。

そして彼の撮影が行われたのですが、まずはまったく演技など未経験なのに、その場で即興で与えられた芝居がちゃんとできるのです。

さすが優等生、さすが有名出版社に入れるだけあるわと、まずは感心しました。そして何重もの意味での

本番が始まり、驚愕したのは、障子が一枚貼れるほどの大量の汁を放出したことでした。そのときは私も、

「どんだけ溜めてたんじゃ」

と笑い、彼も照れ笑いしてましたが。後から編集者と同じ大学を出た某局のディレクターに話したら、

「僕らは失敗が怖いので、万全の態勢で臨むのですよ」

と答えられ、低学歴の私は心底から平伏しました。私が男だったら、明日は撮影とわかっていても風俗に行ったりオナニーしたりして、肝心の場でスカスカ、という失敗をやるに決まってますから。

編集者はさておき、前者のエリート研究者は充分に社会的制裁も受けたと思いますので、今後は世のためになるエログッズの開発などに携わっていただきたいですね。

14発目●

エロのアップデート

すでに令和も四年になってしまったというのに、私はいろいろなものが平成どころか昭和で止まっているといいますか、なかなかアップデートできずにいるのでした。

それは、エロ方面において顕著です。ていうか、こんなに無修正動画を見放題の現代においても、『週刊大衆』に載ってるようなグラビアや活字のエロを欲する人達が多いところを見れば、私だけに限らないでしょう。昭和を生きた同胞からも、

「いまだに切手くらいのサイズのエロ写真でヌケる」

「どんな若く可愛いセクシー女優が出てきても、八十年代に人気だった女優をオカズにし続けている」

といった意見が聞かれます。でも生涯現役を掲げる我らとしては、古き良き時代にしがみつくだけでなく、若者のオカズも試食してみなきゃいけませんよね。

とはいうものの、やっぱりエロ本一冊を手に入れるために大変な苦労をし、ヤリたきゃ結婚するか恋人を作るしかなかった時代を経てきた我々としては、「努力なしで得てはならぬ」といった道徳や倫理にも縛られてしまうわけですよ。

あと新しすぎるものに、軽く恐怖感があるのではないでしょうか。

たとえば私より少し若いタレント玉太郎（適当すぎる仮名）は、小柄ロリ顔ぽっちゃり巨乳が好きで、そういう女性が出るAVばかり観ていました。するとお勧めとして、そんなタイプの女優ばかりの動画が表示されるようになり、それ自体は喜んでいたのですが。

あるとき仲間と合コンしたら、好みと正反対のモデル体型ハーフ顔のセクシー女優が来たんですって。

連絡先の交換もなく合コンは終え、帰宅していつものように好きなAVを観ようとしたら。

いきなり、さっき会ったばかりの女優がお勧めとして出てきたとか。

今まで一度も彼女を検索したこともなく、観たこともなかったので、

「もしかしてパソコンに仕込まれたAIが、俺の網膜に焼き付いていた彼女を検知したのでは」

などといい出しました。

「彼女が玉太郎を検索しまくって、そっちから紐づけられたのかもよ」

なんて、私も適当な推理をしましたが、これ真相は何なんでしょう。

ともあれ行き過ぎたサービスには怖さを感じるから、昭和に取り残されてしまうのかもしれません。

15発目 ●エロ話探訪記

この連載が始まり、元々好きだったエロ話をさらに聞き回っていて先日ふと気づいたんですが、男が語るプロ女性との話はだいたいソープかデリヘル。滅多にピンクサロン、略してピンサロは出てきません。

暗い部屋に何人もの客がいて、仕切りともいえない仕切りしかないソファでポロンと出して嬢にしゃぶってもらう……という状況は知ってましたが、当社調べによりますと千人にエロ話を聞いて、ピンサロの話をしたのは二人くらいでした。

一人は、友達の玉太郎（仮名）。

「客引きに強引に連れていかれたら、ジュゴンみたいな巨体熟女にゴシゴシ強くしごかれたあげく、今どきパンチパーマの反社的オッサンのスタッフにお前もしゃぶれとおどされ、泣く泣く舐めたら乾電池みたいな味で舌がビリビリしました」

もう一人は、中堅の芸人さん。

「いわゆる花びら回転というやつね。女が三人ついてくれるといったんですが、黒髪のネエさんがしゃぶった後、物陰に隠れて金髪、茶髪のカツラをかぶって、二度も別人のふりして出てきました」

どちらも生き地獄かお笑いね、などと思いつつ、この連載の担当者ではないのですが、出版界の重鎮（たぶん）に聞いてみました。

「実はピンサロの多くは、クラブやキャバクラなんかと同じ風俗営業第1号、喫茶店やバーなどの第2号の許可で営業している所がけっこう、あるんです。それゆえ建前的には『飲食店』ということになっている店もあったりするわけですが、当然、その場所での性的サービスは違法。

乱暴な言い方をすれば、飲食店にコーヒー飲みに来たら、自分に好意を持ったウェイトレスが、いきなり隣に来てしゃぶってくれたという設定がピンサロのシステムということになりますね。要は自由恋愛です」

「そんなおかしな設定で、男性側は違和感を覚えないんですか」

「覚えません。世の男性向けエロは99%がファンタジーですから。

そもそもピンサロって、高級店がない。安いとこだと三千円。嬢の取り分は店にもよるけど、約半分」

千五百円でチン×しゃぶるのかと驚いたら、真顔で答えられました。

「ひょっとしたらピンサロには、モノホンのチン×好きが揃っているのかもしれません」

たぶんこれも、男のファンタジーなのでしょうね。

16発目●理想のアソコ

性欲の盛んだった時期は、いろんな男と付き合いたい、いろんなチン×を試したいと思ったものですが。

私も寄る年波には勝てないといいますか、めっきり性欲が衰えてきているのは認めざるを得ません。

しかし『週刊大衆』様には「生涯現役」をテーマにお仕事をいただいたのですから、そうもいかない大人の事情があるわけです。

理恵子ちゃんはご存じの通り、高須クリニック院長一筋。高須院長と、高須院長についている一物で満ち足りているのね。たぶん。

私はヒモとしかいいようがない二度目の夫、十八歳年下の韓国人ジョンウォンと離れ難いのは、何をおいてもチン×が最高だからです。

何度も離婚を考えましたが、あんないいチン×にはもう巡り逢えないかもと、ためらってしまうのです。

ふと、チン×だけジョンウォンの物を残し、本体が別の男に取り換えられたら、と考えました。本体は賢くて誠実で金を持っている、と。なら、すべてが理想的になるのか。

うーん、なんか違う。ここで登場するのが、「還暦過ぎても絶倫」の異名、いや、尊称を返上しない千鳥先生（もちろん仮名）です。

一見するとダンディーな紳士ですが、その実体はバリバリのハードゲイのオネエ。くわえたチン×の数は、新宿区の人口に匹敵します。

そんな千鳥先生にも素敵な彼氏ができ、いろんな意味で相性も最高みたいで、今や彼氏一筋に。

「ねえ千鳥先生、以前は口癖みたいに、『チン×はフレッシュな方がいい。新しいのは何本でも欲しい』とかいってたじゃないですか。

彼氏の体に次々、新しいチン×が取り換えられたらうれしいですか」

と聞いてみたところ、

「フレッシュなのが次々欲しいってのは、つまりアタシが飽きっぽいってことよ。理想のチン×なんてないの。どんなカリ高の極太のカチカチがついても、すぐ飽きて次はどんなのがいいかな～と目移りする。

逆に、どんな粗チンでも臭チンでも、一度きりなら目先が変わっていいわ、となるものよ。

でも、今の彼氏自身には飽きないわ。情も移っているし。本体を好きでなきゃ、取り換えられるものを楽しめない、ともいえるわね」

と即答され、なんだかんだいっても、私もジョンウォン本人も好きなんだなと、改めてわかりました。

17発目●日本の守備範囲

『週刊大衆』関係者の一人である彼は猫好きなので、仮に猫田さんとしておきます。以下のエロ話に、猫はまったく関係ありませんけど。

猫田さんは風俗好きですが、スタンダードな人気店は行ってないみたいです。異色の、マニアックな、お好きな人にはたまらない、といわれる店ばかりが行きつけです。

その猫田さんと先日お会いしたとき、まずは私が男友達の行った風俗店の話をしたんですわ。

そこは嬢のはいてたパンツをプレゼントするサービスがあり、実際に嬢にはかせているのですが、希望者の数に嬢の数が追い付きません。

といって新品では、お客も納得できません。そこで使用感を出すため、店長やスタッフ、運転手といった男達にも、はかせていたんですって。

本当は脂っこいオッサンがはいてたパンツを、人気のリエちゃんがはいていたんだ〜と喜んで嗅いでいるお客は可哀想といえば可哀想ですが、夢を買ったとしておきましょう。

ところが、たまに警察犬みたいなお客がいて、くんくんした後、

「これは女の臭いではない。男の臭いがする！」

と、見破ってしまうのだとか。ここまで聞いていた猫田さん、

「そのような客には、もっといい店が紹介できますよ」

などと身を乗り出して来たのです。

「ぼくが知ってるその店は、完全予約制です。嬢を選び、三日とか一週間とかの予約を入れたら、嬢はその

期間は風呂に入らずパンツもはき替えず、臭いを熟成させます。さすがに、一か月待つ客はいないです。そしてついに約束の日、客に脱いだパンツと実際の股間の臭いを嗅ぎ比べさせるのです」

さっそく女友達に伝えたところ、

「平安時代の香をたきしめるようなものか。奥深い趣味の世界だ」

と理恵子画伯にいわれ、

「夜の香道ね」

と銀座ママにいわれました。そんな優雅なもんかいなと突っ込みつつ、ガッツリ本番一本やりの諸外国とは違い、我が国は変態さん趣味人さんの間口も裾野も広いなぁと感心してしまったのでした。

私は決して、無闇に何でもかんでも手放しで日本すごい！　なんていう人ではありません。

しかし、こんなエロ話を聞くたび、やっぱり日本すごい！　と右傾化していくのは止められないのでした。

18発目

●本物との違いの奥深さ

私は玩具や道具を否定するつもりはなく、それが好きな人は大いに使えばよろしいのですが、あくまでも私個人は電池や電気も使わない自然派、地球に優しいエコロジーなオナ×ーを心がけております。

なのに多くの人は勘違い、誤解をしていて、よくバイブや電マを贈答品、手土産としてもらいます。

電マは肩や腰の凝りをほぐす本来の用途に使ってますが、チン×の形を模した物は私には装飾品ですね。

チン×の形はしていても本物のチン×にはありえない色と質感ですから、生々しさがなく可愛いのです。

さて、しばらく前にネット上では話題になったパパ活事件があります。ある中年男性がパパ活アプリを使ったら、アイドルみたいなスレンダー美女が連絡してきました。でも実際に来たのは、写真とは似ても似つかぬ豊満女性だったわけです。

彼は見るなり逃げる、追い返すなんてことはせず、高い食事をご馳走したのでした。ここまでなら、彼もなかなかいい人なのに。彼女をこっそり撮影、つまり盗撮してツイッターにあげてしまったのね。

それも、彼女が事前に送って来た加工しまくりのおすまし美女の写真と、現実の肉厚ホッペをさらに膨らませて食べている彼女の写真を並べ、さらし者にしたのでした。

これに怒ったのが、パパ活界隈の仲間達。彼がツイートしていた料理の写真を手掛かりに検索、同じ料理が載っているパパ活アカウントも見つけ出し、彼を特定したのです。

そうして、そちらに出ていた彼の顔写真を、さらし返したのでした。

繰り返しますが彼女の加工写真はアイドルみたいで、おじさんも自分を普通体型といっていたのですが。

二人が並んでいると、たぶん可愛いトドの親子に見えたでしょう。

この「写真とは別人」話を『週刊大衆』の重鎮H氏にしてみたら、

「でもいっそ、本人とかけ離れすぎてる方が笑えますよ。悪びれずに堂々と来られると、『もしかしたら自分が間違っているのか』みたいな自己の揺らぎを覚え、相手をそのまま受け入れてしまったりもします。

本物もビミョーに並の上だったりする方が、こいつ嘘を自覚してる上に勘違いもしやがって、と腹立つ」

といわれました。なるほど、バイブもチン×とは別物だからおもしろいのです。色や質感が本物に近いと、猟奇的というか怖いですよ。

19発目 ●エロい聞き間違い

またしても他誌の宣伝をして申し訳ないですが、この連載と並ぶライフワークなのですよ、『週刊新潮』の名物連載『黒い報告書』は。

実際あった事件のエロ小説化ですが、私ももう軽く五十編は書いてます。そして自分の中でも、妙に印象に残る事件があります。それは血生臭い殺人事件や凄惨な刃傷沙汰より、奇妙さが際立つものが多いです。

その中の一つに、こんなのがありました。アパートの一階で一人暮らしをする女性が、電気を消して寝ようとしたら、道路側のサッシ戸の向こうに男がいる。彼氏かなと思い、「チンタ?」(以下すべて仮名)と聞いたら、そうだと答えたので招き入れました。そうして真っ暗なままヤリ始めたのですが、途中で何か変だと電気をつけたら、乗っかっていたのはまったく見知らぬ男。

暴行されたと通報しましたが、なんと男はキンタというよく似た名前で、「久しぶりに来たこの町に昔の女がいたのを思い出し、ここだっけと覗いたら名前を呼ばれた。女から抱きついてきた」といい張り、結局は住居侵入罪のみになったとか。

そういや私も、真面目でお上品な編集者(当然、『週刊大衆』ではない)と打ち合わせのとき、いきなり「あ〜オナニーしよ」といわれ度肝を抜かれたんですが、彼は「青菜に塩」といっていたのでした。

私はそういうのが多くて、「パンプキンでスープ」を「還付金でソープ」と聞き間違えたりしてますが。

息子も昔、勤め先で式典に参加したとき、上司に「あなたは童貞?」と聞かれ、年上女性にセクハラされた、と憤然としつつも「違います」と答えたら、妙な顔をされたとか。

上司は、「花束贈呈」といってたのね。アナタハドウテイとハナタバゾウテイ、微妙に似てますね。

親子揃ってエロ耳なのは仕方ないとして、まだ中年期にこんな聞き間違いばかりしていたら、本当に耳が遠くなる老年期にはどうなるんだと不安にもなります。

まぁ、何でもかんでもエロく聞こえたら楽しいかも。周りはいい迷惑かもしれませんけどね。

そういえばある名優の追悼記事で、聞き間違いじゃなく書き間違いとして、「名バイプレーヤー」とするところを「名バイブレーター」としてしまい、校了も終わってたのに印刷会社の指摘で事なきを得たのは、ここだけの話、『週刊大衆』だそうです。

20発目

●需要と供給

知り合いのゲイ男性の話なのですが、仮にサオ太としておきましょう。サオ太は主に南国方面に出かけては、男同士のワンナイト・ラブを楽しんでいるのですが。

彼の相手はすべて、そこらの普通の青年、どこにでもいるオッサンみたいなのばっかりで、仕事もたまたま乗ったタクシーの運転手とか、ふらっと入った食堂の店員とか、仕事もとことん普通の男達です。

というと、お金がないから仕方なく、若くも美しくもない普通の男でがまんしているのか、と勘違いする人もいますが、大違いです。

サオ太は結構お金持ち。そんなサオ太の大好物が、まさに何もかもが普通のそこらの男、なのです。

「アタシ、ノンケ（異性愛者）を食うのが生き甲斐よ。相手もやる気満々なのは、イマイチ燃えないの」

考えてみれば、それを商売にしておらず、男を性的対象にもしていないそこらの男の方が、それを職業にしている若い美男よりも、落とすのは困難なのですよ。

そういやゲイの聖地、2丁目には、「ブサイクで年も取ったら肥れ」という格言があるそう。普通に考えれば、ブサイクと加齢に肥満まで加わったらますます不利に、と思いがちですが。ゲイに限らずデブ専は確実にいるので、肥ればデブ好きが求めてくれるようになるのだとか。

そういう私もいろいろ高級な中華料理店に連れてってもらいましたが、担々麺は安いチェーン店のバーミヤンのが一番おいしいです。これも高級店のが食べられないから仕方なく、ではありませんよ。

そして私は心底からダメ男好きなので、あいつはダメ男だから別れろ、といった忠告は受け付けません。

風俗店の場合、高級店に行けないから格安店に、という男はたくさんいますが、本当に地雷やマニアックな趣味の男もいますよね。

人気セクシー女優より『週刊大衆』の人妻エロスの素人モデルがたまらん、という男も確実にいるのです。

我が国でも指折りの蟹好き理恵子画伯の前でこんなことというのは気が引けますが、私はカニカマボコも大好き。しかし、カニカマはあくまでもカマボコ。どんなに本物に近づけようと、蟹にはなれません。

カニカマは蟹の代用品としてではなく、カニカマ好きな人に求められればいいのです。カニカマが蟹のふりをしたら、不幸になるだけです。

21発目●さまざまな卒業

人気司会者の徳光くんとは、もう十年以上も歌舞伎町のロフトプラスワンで『オメ☆コボシ』なる下品なトークイベントをやっています。

西原理恵子画伯もときおりゲストに来てくれますが、下品度が増すのではなく、なんだかほっこり温かな雰囲気になるのは、ほんまにええことをいってくれるからなのです。

さて、そのイベントにはかなり初期から最前列に陣取ってくれる常連客がいたんですわ。蛭子能収さんによく似ているので、我々はエビコなるあだ名をつけていました。

コロナで観客を入れられなくなり、無観客配信になってからは、エビコも自宅で観ているかと思っていたのですが。ようやく観客を入れられるようになり、理恵子画伯にも来てもらい、さぁエビコが真ん前にいるかと見渡せば。……いないんです。

「まさかコロナで重症化か〜」

といったら理恵子画伯は、即答。

「もう、エビコは卒業したの」

新しくおもしろい何かを見つけて、そっちに行ったというのです。

まったくもって真相はわかりませんが、胸にぐっときましたね。

そういう私も、何かトラブルやケンカがあったんじゃなく、ただ疎遠になった人が何人もいます。気に入って足繁く通っていたのに、気がつけばまったく行かなくなった店もあるし。考えてみれば、こちらも嫌なことがあったんじゃなく、別の新しい店に通うようになっただけだったりします。

そういうのを以前は、「縁が切れた」と表現していましたが。

卒業といった方が、発展的で良いですね。

『週刊大衆』の裏筋くん（雑な仮名）も、若いお嬢さんとエロい関係になってうれしがっていたんですが、LINEを未読スルーされるようになったと、しょんぼりしていました。

「ぼくの女装をおもしろがってくれ、ちょっと変わった性癖も受け入れてくれていたのに」

と嘆くのですが、私は彼と深い仲になったことがなく、そのあたりの加減はなんともいえないのですけど、彼女もそういう裏筋くんが嫌になった、飽きたのではなく、ただ卒業したんだと解釈いたします。

という私は、オナ×ーのオカズはいろいろと食べ歩きもするのですが、十年以上も大事に何千回、いや、何マン回こすっても擦り切れず食べ飽きない、つまり卒業できず留年しっぱなしというのもありますわ。

『週刊大衆』エロ話オーディション

この連載が始まってから、元々のエロ話仲間だった人達はさておき、そんな話をしたこともなかった人達が、競うようにエロ話を持ってきてくれるようになりました。

先日も、あるテレビ局勤務の亀男(適当すぎる仮名)が、

「ちょっと前まで、S区に『金玉なめ』に特化した店がありました。おいなりさん、って店名ですよ」

と、にじり寄ってきました。

「個室に電車の吊り革みたいなのがぶら下がってて、金玉をなめてもらっている間ずっとそれを握ってるんです。嬢にサオも舐めろと、強要できないように」

亀男、身振り手振りに加え、腰も振るわベロも突き出してくるわ、

「嬢は巧みにサオをかすめ、サオを避け、とことん金玉を攻めてきますが、なかなかイケないんですよ〜。もどかしさと焦らしが、たまらん」

なんだか、私がセクハラされている気にもなってきました。

「ちなみにポイントカードもありましたが、家族に見られてもいいように、カードの名前は『カラオケおいなりさん』と偽装してくれていて、もう至れり尽くせりです」

この亀男に限らず、どうも皆さん『週刊大衆』にネタとして載りたいらしいんですよ。

西原理恵子画伯に似顔絵を描いてもらえるかもしれない、という期待もあるようですけどね。

しかしよく考えてみれば、このところ社会問題化している、

「俺の撮る映画に出してやる」

「テレビの偉い人を紹介する」

などといって女優やタレント志願者に性的関係を強要した某監督や某俳優を彷彿とさせませんか。

『週刊大衆』にネタとして出してやるからエロ話をして、とか。

しかし私は、強要などした覚えはありません。このいい方も考え方も、前述の監督や俳優に通じるものがあると追及されるかもしれませんが。

断じて違います。こちらには、被害者がいないのです。求めたのは体ではなく、あくまでもエロ話です。

確かに、エロ話オーディションをしている、合格すれば『週刊大衆』に取り上げてやるぞ、といったワークショップ詐欺？を疑われても仕方ないのは認めます。

ていうか、そもそもそこまでして『週刊大衆』に出たいのか、と突き詰めていくと、双方が首を傾げたくもなってきますけど。

23発目●エロ尋ね人

別れた男（含む、前夫）に未練などないのですが、今頃どうしているかと妙に気になる人達はいます。こんなところで人探しをするのはどうかと一瞬ためらいましたが、こんなところだからこそ見つかる可能性も高いのだと気づきました。

一人目は、十五年くらい前に企画物AV女優をしていたサトミさん。

当時すでに熟女だったので、もう熟しきっているでしょう。ぶっちゃけ、容姿に個性と味わいがありすぎ（こんな私でもポリコレに配慮してみました）、なかなか普通のAVの仕事はなかったのですが、乱交パーティーのサクラとしては大人気だったそうなんです。

というのも、心底からのセックス大好き、男大好き、見られるの大好き。サトミさんは男の選り好みをせず、どんなキモいオッサンのどんな小さなチン×でも悶えまくるとか。

オッサンも最初はサトミさんに乗り気じゃなくても、あまりの本気のイキっぷりに感激し、美女に見えてくるらしいんですわ。

二人目は、三十年くらい昔に吉原の高級ソープで新人の指導係をしていた、通称マーガレットさん。

仰向けにした男にまたがってチン×を挿入すると、180度ピーンと開脚。そのままの体勢でクルクルとフィギュアのオリンピック選手にもできない五回転をキメ、どんな遅漏も一瞬でイってしまうそう。

しかも回転している間、まったく腿も尻も男に触れず、チンとマンの接合部分だけで体を支えていたとか。

新人に様々な技と接客術も伝授したけれど、その五回転だけは誰も真似できず、一代限りの技と惜しまれていたなんて、まさに後継者がいない、日本の伝統芸能の技。

私は面識はないのですが、彼女も当時、還暦近かったそうです。

三人目の尋ね人も私は会ったことがありませんが、七、八年くらい前に横浜の人気風俗嬢を指名していた、八十過ぎてる絶倫じいちゃん。

チン×に真珠やリングをいっぱい入れてたけれど、奥様とはもう三十年くらいやってないんで、そんな物が入ってるのを知らないとか。

「わしを火葬した後、これだけ焼け残ってたら奥さん怒るだろう」

と悩んでいたそう。彼らの情報があれば、編集部までご一報ください。

サトミさん以外はもう……とも心配しますが、今もみなさんバリバリ現役では、とも期待しております。

24発目●エロSNS噺

私は思うところあってツイッターでつぶやくことはやっておりませんが、友人や知人の何かおもしろそうなツイートを見るためだけに、アカウントは持っております。

タイムラインにはいろんなツイートが流れてきますが、意図的に炎上や拡散を狙ったのではなく、本人の意図しなかったところで話題になる、思いがけずバズるってのも、たびたび目撃してしまいます。

先日も、ある見知らぬ娘さんのツイートがバズっていました。

「もう下校の時間だけど、肛門でタバコ吸ってる子がいる」

私の誤変換でも、『週刊大衆』の校正の甘さでもありません。おわかりですね、彼女は肛門ではなく校門と書いたつもりだったのです。

しかしネット民は見逃さず、私の目にもとまってしまった訳ね。さっそく行きつけの飲み屋で、この連載にたびたび登場の、一見するとダンディーな紳士、その実体はハードなオネエの千鳥先生に話しました。

「先生も肛門で吸ってたでしょ」

「あんたこそ、アソコにペンライト入れてホタルじゃ〜、とか下っ品な芸をしてたじゃないよ」

「してないよそんなこと。そもそもペンライトなんか私には細すぎて、普通に立っただけで抜け落ちるっての。せめて懐中電灯でなきゃ」

下品な会話にママのEちゃん（微妙な仮名）が割り込んできました。

「あたしの友達なんだけど、まず股間だけくり抜いた猿の着ぐるみを着るのね。猿に対抗できるほど毛が生えてるのは股間しかないからって。でもって、そこに火をつけるのよ〜。アチチ〜ウッキャッキ〜って」

そしたら同じく居合わせたタレントの玉太郎（適当すぎる仮名）が、

「ぼくは尿道にペンライトを入れられるんで、ちょっと電気消してもらっていいかな。志麻子さんの下品なそれと違って、暗闇にぼーっと光る風雅なホタルをお見せしますよ」

などといい出し、もう店内は下品のルツボと化してしまいました。

そうです、私がツイッターやらないのは、こういうのを次々につぶやいて、炎上しっぱなしになるのを恐れているからですよ。

ところで自分のスマホなんかでは、よく使う言葉、直近に使った単語が変換の候補として最初に出ますよね。

彼女は他のツイートを見ても純情そうな娘さんなので、きっと肛門の疾患を調べていただけですよね。

25発目●

強靭なメンタルの効能

望んで病気になる人などいないし、心の不調は誰にでもあることです。

決して本人の責任ではない、ということを踏まえた上でいいますが、体力が落ちているときは諸々の病気にかかりやすくなり、心が弱っているときは、変な人や詐欺師や悪意のある人に付け込まれやすくなるのもまた事実です。

心身ともにふてぶてしいとされる私だって、どうしようもないクズ男に必死に貢いだ時期もあり、生活不規則で自堕落だった頃は、毛ジラミをうつされてしまい、しまいには毛ジラミと仲良くなって会話ができるほどになった過去がありますから（ちょっとだけ嘘かも）。

しかし知り合いのヤリ男（1秒で思いついた仮名）は、やりたいとなれば路上だろうが高級店の中だろうが、土下座なんかまったくヘッチャラ。蹴られても踏まれても、

「先っぽだけでも」

と食らいつき、女達はもうあきれ果てるのですが、あまりのへこたれなさぶりに、しまいには苦笑しつつ許してしまうのでした。

でもってヤリ男のすごいのはそれだけでなく、完全にアウトの緑色の膿が出ている女をなめまくっても、まったく性病にかからないのです。

メンタルも強靭なら、チン×もまた頑強。詐欺師も病原菌も、入り込む余地がありません。さらにヤリ男は巨チンなので、先っぽだけでもというのが、並みの男の全部ズッポリになるのでした。

私はヤリ男のタイプからは遠く外れているし、さらに性病より厄介なあれこれがあるので深い付き合いは

避けられていますが、彼のチン×の写真は持っています。

有名なクマのキャラクター（名前を出せば双葉社ごとつぶされます）のシールを亀頭に貼って、一応はモザイクを入れてみました、というものでした。私がそれを可愛い可愛いとクマばかり誉めたら、

「素顔です」

と、シールなし無修正版が再送されてきました。女として見ていない私に対しても、ここまでのサービス精神と変なあきらめの悪さ。

実はヤリ男ってば有能な経営者で、かなりお坊ちゃまでもあります。決してか弱い女に力ずくで、なんてことはしないし、女に限らず人が弱気になったとき付け入ろうともしません。だから夜の巻で、ヤリ男は良性のスケベ菌と呼ばれてるのね。

26発目●

量か質か、サイズか硬さか

行きつけの美容院で雑談をしていたとき、ふと美容院ネタとしてよく冗談でいわれていることを思い出し、店長に聞いてみました。

「ハゲは料金が半額になるとか値引きになるとか、あれ本当ですか」

イケメン店長、しごく真面目に答えてくれました。

「薄毛用の整髪料やシャンプーは高額だし、切るときに気も遣うので、かえって金や手間がかかります。だから、半額になんかできません」

なるほど〜と膝を打てば、店長は続けてこんなこともいいました。

「髪染めを、ショートカットの人とロングヘアの人で料金を変えますが、ショートカットでも毛量がすごく多い人は、ロングヘアの人と同じくらい染料が要るんです。

逆に、ロングヘアでも毛量が少なければ、ショートカットの人くらいの染料で済みます。これは前者はお得、後者は損することになります」

なんか、いろいろとしみじみしました。有名人にはそんな人が多いですが、私の周りにも年齢的には早世、若死に、とされる人達がいます。

彼らも波乱万丈だったり恋多き人だったりで、普通の人の三倍くらい生きたと思わされるんですね。

人生も、長さではなく密度です。

しかし、こういういい話だけでなく、やっぱり私としてはエロ方面にも思いを馳せるわけです。

「私に指一本ふれず、ただ尻の穴をじっと見つめ続けてほしい、と頼む指名客がいます」

「その馴染み客は、私を着衣のまんま仰向けに寝かせて顔の上に仁王立ちすると、唾を顔へ垂らし続けるんです。それで大興奮して、勝手にイッちゃう」

風俗嬢に話を聞くと、こういう変わった客の話が必ず出てきます。

「さわらなくても脱がなくてもいいんなら、それって楽な客よね」

といえば絶対、首を横に振ります。

「肉体的には楽でも、精神的にきついです。同じ性癖ならいいけど私はそんな趣味ないんで、普通にプレイしてくれる客の方が楽ですっ」

さて私は風俗はやったことないんですが、夫以外のチン×もまぁまぁ見てます。

「大き目だけど、柔らかい。小さ目だけど、硬い」は同等かと考えてみましたが。「大きかろうが小さかろうが、よく勃つチン×が良いチン×」という、ありきたりな結論に落ち着きました。

●どっちが怖い？

27発目

先日、ある新進気鋭の若きホラー作家と対談し、怖いものについて語り合いました。よくある恐怖の分類、分け方の一つに、

「あるはずのものが無い」
「無いはずのものがある」

というのがあり、どちらが怖いかは意見が分かれます。その際、私はうちの犬を例え話としました。
うちには可愛いワンコが二匹いるんですが、突然に一匹が消えうせたとしましょう。私があの子はどこに行ったと必死に探していたら、

「最初から志麻子さんは、犬は一匹しか飼ってなかった」

と、周りがみんないうわけです。
逆に、いきなり見知らぬワンコが家の中にいて、どこから迷い込んで来たかと不思議がっていたら、

「志麻子さんはもう十年以上、犬は三匹飼ってるよ」

と、友人知人みんながいうとしましょう。これ、どっちが怖いか。
私は断然、前者ですね。とにかく大事なものが無くなる、失うのが怖いのです。その作家さんがとことん真面目な方なので、

「ある日いきなり夫のチン×が無くなるか、二本に増えているか。即、後者の方に飛びつきます」

という仮定話は引っ込めましたが、彼はこう答えたのでした。

「ぼくは、増えてる方が怖いです。そいつが新たな厄災、さらなる恐怖を持ち込んできそうだから」

これは性別や年齢や生い立ちや考え、様々なものが複合して差違を生み出すんでしょうけど、改めて私という人間がわかりましたね。

後先考えず、とにかく今持っているものを離したくない。その前に夫のチン×が無くなったら、夫そのものが消えたも同然。彼は、理性的に先のリスクを見据えられるのですね。エロ話もぶつけて、その反応も見りゃよかったわ。

でもこれ、焼肉とカツ丼はどちらが美味いかみたいな話でもあり、どちらかが好きな方が上、正しいってことはないのです。

味の好みも様々であった方が食卓は賑わい、怖さのポイントもたくさんある方が、バリエーション豊かな作品が作られていくのです。

でも何の予告もなく『週刊大衆』からエロ記事が消え、おしゃれ特集ばかりになり、さらにみなさんが昔から『週刊大衆』はハイソなセレブ雑誌だったといったら、地球の終わりかってほど怖いですけどね。

28発目●ゴールデン街お悩み相談室

先日、ゴールデン街の行きつけの店に入りましたら、若いさわやかなイケメンさんがいましたが、思いっきりゲイさんでした。

だからこそ、ざっくばらんに初対面でもエロ話で盛り上がれたのですけどね。そんな彼の今抱えている悩みも、打ち明けてくれました。

「ぼく性欲が強くて、出会い系でもやりまくっててオナ×ーも日課なんだけど、本気の彼氏もいます。それで悩んでいるのが、汁が薄いことです。好きな相手には、ドバッと大量に出して見せてあげたいじゃないですか。薄い汁がちょっぴりだと、そんな乗り気じゃないのかなとがっかりさせちゃう。だから今、亜鉛の入ったサプリを飲んでます。少しでも汁を増やせたらいいなぁ、と」

いや、亜鉛に汁を増やす効果があるのかどうか私にはよくわかりませんが、ふと気づきました。

「あの～、サプリ飲むのもいいけど、そもそも出会い系でのやりまくりを抑え、オ×ニーも控えたら、汁は自然と増えるんじゃないの」

すると彼、それができないから悩んでるの、と軽く逆ギレしました。

考えてみればダイエットだってシンプルに、「食べなきゃいい」わけです。それができないから、みなさん苦労して低カロリーのメニューを工夫したり運動したり、高須クリニックで脂肪吸引したり、それこそサプリ飲んだりしてるわけです。

そんな彼には変な性癖もあるそうで、なかなかの変態だと感心しましたが、具体的に書けば彼を特定される恐れがあるので、全然それとは違う仮の設定、私が適当に脚色、創作したものにしておきます。

「ぼく、おでこに冷やした金玉を乗っけてもらわないとイケないんで、初対面の相手にはドン引きされます。やっぱり、ぼく変態なのかな」

そんな欲望も金玉もない私は返答に窮していたのですが、それまで黙って聞いていたママのEちゃん（ビミョーな仮名）が、ピシャリといい切りました。

「変態ってのは数よ。それが多数派になれば変態じゃなくなるの。

たとえばこの店の客がアンタ以外みんな、ウンコ食う人だとする。そうなると、ここではウンコ食うのが普通の人で、食わないアンタだけが変態ってことになるの」

Eちゃんの解決にはならないのに強い説得力に、私ら黙りましたよ。

29発目●高尚なエロ話

瀬戸内海の黒アワビの異名を持つことからもわかるように、私は岡山の呑気な南部に生まれ育ちました。周りにいるのもみんな純朴な人達だったので、エロな体験もスケベな話も、直情的というのか直截的というのか、基本は「男と女が正面からハメる」話が大半でした。

諸般の事情で三十五歳で上京することとなったのですが、住居は東京の真ん中、そして周りが今まで身近にいなかったマスコミ、芸能関係者ばかりになってしまいました。

あらゆるものが激変したのですが、私にとってはエロな体験とスケベな話の変化はもはや革命、維新といっていいものでした。

LGBTQといった性の多様さも目の当たりにし、あらゆるニーズに応える細分化した風俗店に度肝を抜かれ、高度な変態に平伏しました。

気がつけばハードなオネエの仲良しができ、特殊風俗店好きなスタッフと一緒に仕事をしてるわけです。

先日も3P大好きなP子（チョー適当な仮名）と、この連載ではすっかりレギュラー出演者となったオネエの千鳥先生（少し工夫した仮名）とエロ話をしていたのですが。

「同時にチン×二本くわえられる」

と、二人がいい出したんです。

「でも、小さめでも二本が限界ね。別々の方向から入ってくるし、こっちの舌は一枚だし」

そうP子がいったら千鳥先生が、

「一度に何本も突っ込まず、順番に一本ずつ入れてくれたら、続けて十本でも二十本でもくわえられる」

などと答えたので、私はこっそり理恵子画伯にラインでこの話を伝えました。画伯は興味津々で、

「順番ってのは、木琴みたいに並べてダララーンとしゃぶるの？」

などと返してきたので、すぐ千鳥先生に訊ねてみたら、

「いいえっ。そのようなやり方では、乱交になりませぬ」

毅然と答えられました。

「並べたら秩序が生まれる。乱交に秩序があってはならぬのよ」

そのまんま、理恵子画伯に転送。

「なんと奥深い。三国志の一編に出てきそうな言葉」

こういう文化人達の高尚なエロ話を肉声で聞けるのだから、上京してよかったと改めて思ったのですが。

考えてみれば、それを書いている『週刊大衆』の主な読者ってのはかつて私の周りにいた、純朴で直球の女好きスケベ達なんですよね。

30発目 ●何が一番怖い？

先日、事故物件住みます芸人として人気の、松原タニシさんのラジオに出演させてもらいました。いやぁ〜、相変わらず体張っておられます。

タニシさんの本にも書かれている、「死後二週間経って発見された遺体の臭いが残る部屋」に泊まり込んだ話が強烈でした。

遺体があった場所に寝たら、とにかくガス臭かったとか。臭いそのものも耐え難かったけれど、「わけのわからん細菌や病原菌が発生していて、それ吸い込んで病気になったらどうしよう」というのが、幽霊が出るかも、ここに腐乱死体があったんだ、ということよりも恐怖で、業務用のガスマスクを装着したそうです。

そのときタニシさんは、

「自分は死を恐れているんだなぁ、生きたいと望んでいるんだなぁ」

としみじみしたそうです。聞いた私も、なんだかしみじみしました。

「怖いのはそれじゃなく、あれ」

ってのは、他にもいろんな場面と人達の中にあります。以前、AVの撮影現場に参加したとき、ある女優さんのアソコから、まさに異様なガス臭が噴き上がってたんですわ。

おことわりしておきますが、まともな現場なら出演者は事前に性病の検査を受けます。もしかしたらその女優さんは、検査のときは陰性だったけど、検査直後に感染、もしくは検査のときはまだ反応が出なかった、というのも考えられます。コロナも、そういうのありますよね。

ともあれ先に絡む予定だった男優Aは突然に体調不良を訴え、その場で降板しました。Aは何をおいても、感染したくなかったわけです。

ところが次の男優Bは、敢然とガス臭いアソコを舐め回しました。後から聞けば、とにかく仕事を失いたくない、どうしても日当がほしい、感染したらそのときはそのとき、てな気分だったらしいのです。

やはり何事も、命あっての物種だとは思いますが。ときに、命より金、あるいは命より仕事、となることは、わからなくはありません。

この話を、交友関係の仲で最強のスケベであるエロ次郎（雑な仮名）に話したら、いい切られました。

「性病で臭かろうが本当に腐っていようが、そこに女の股があれば舐めることだけに命を賭ける」

怖いものなしかと問えば、女が舐めさせてくれないのが怖いと、再び断言してくれました。

西原理恵子×岩井志麻子

暴走ガールズトーク 前編

片や人気漫画家、片や名ホラー作家（ときどきヒョウ）。同い年、友だち歴30年にして初の共著となる今作。その裏側を開チン！

病気で倒れた志麻子ちゃんにエールを送ったのがなれそめ

岩井　今日は、『週刊大衆』での連載をまとめた単行本のための対談、ということなんだけど、実は私らのなれ初めも『週刊大衆』が、関係してるのよね。

西原　元々、私はゆかりちゃん（※中瀬ゆかり氏・新潮社の編集者）からよく志麻子ちゃんの話を聞いていたの。

それでずうっと「面白い人だな、友だちになりたいな」って思ってた。

岩井　私もよく理恵子ちゃんの本とか読んでたから、同じこと思ってたわ。

西原　そんなときに志麻子ちゃんが病気で倒れたって話を聞いたのよね。それで、『週刊大衆』でエールを送ったら、お返事が来て。

岩井　そこからお友だちになって、大体30年くらいかな。でも、実は私ら長いつきあいなんだけど、一緒の連載仕事って初めてなのよね。

西原　だって二人で会ったら、いつも放送禁止用語だらけの話しかしてないもん。普通、そんなのを文字にして連載できないよ。

岩井　毛だわしが山ほど載っている『週刊大衆』くらいじゃないとできんかったわね。

西原　今じゃコンビニからも、どんどんいかがわしい雑誌が減ってるからねえ。

岩井　本当にこういう雑誌は、文化なんだから、ちゃんと残さなアカンのよ。

デブ専、フケ専、ハゲ専……「男に捨てる場所なし！」

西原　コンプライアンスだなんだとうるさいご時世に、この下品な連載を単行本にしようってんだから双葉社は度胸があるな。

岩井　いやいや、こういうとてつもない下品なエロ話はどこかに需要があると思うわよ。

西原　世の中、色々な性癖の方がいるから。

岩井　私のお友だちのゲイの人たちが言うてたんだけど、その界隈では「男に捨てる場所なし」って言葉もあるそうよ。

西原　なんていい言葉！

岩井　その意味は、どんなタイプでも、どこかで必ずモテる場所があるってことなの。太ってても、ハゲてても、年を取っていても、それぞれデブ専、ハゲ専、フケ専がいる、みたいな。

だからワシらのエロ話も、きっと好きな人がいるはず（笑）。

西原　志麻子と理恵子のエロ話も、捨てる場所なしってことか。

岩井　まあ、それはともかく、私はホンマにこの連載は楽しくやらせていただいていますわよ。

エッセイ最多登場の猛者千鳥先生の〝忘れえぬ体位〟

西原　一緒に仕事して思ったのが、志麻子ちゃんは、すっごく頑張って取材してくれているんだなってこと。

岩井　わざわざ馬のチン×も喰うてみたしな(笑)。

西原　だから私も負けじと、より下品に、よりエロくって思いながら描いてる。

岩井　取材といえば、あの歴戦のゲイでもある千鳥先生には、この連載には本当にたくさん登場してもらいましたな。

西原　いや、もう甲子園で言うところの常連校ですよ、千鳥先生は！

岩井　千鳥先生のエロ話は、書いても書いても書き切れんくらいあって、どれもこれも面白いんだよなあ。

西原　最近の連載で忘れられないのは千鳥先生の体位の話。

岩井　ああ、あれ。ハッテン場に行って、珍しい体位をしたらで「あなた前にも会いましたよね」と言われてしまったエピソードね。

西原　そうそう、トカレフ、いやフルシチョフ……じゃない。そうだ、トカチェフ！

千鳥先生が体操のウルトラCみたいな体位をしたら、それで覚えられてたって話がもう最高で。

岩井 千鳥先生も相手の顔もチン×も覚えていなくて気づかなかったのよね。

西原 でも、千鳥先生がしたっていうその体位が実際にどんなのかは分からないんだね？

岩井 だって、聞いてみたら「教えて差し上げるからイケメンをつれてきてちょうだい」なんて言いよるのよ。

西原 なによ、そのトンチの効いた答えは（笑）。〝虎を捕まえてほしくば、まず屛風から出せ〟って言う一休さんじゃないんだから。

岩井 結局、あの人はヤリたいだけなんよ。でも、これだけネタになっていただいているから、何も言えませんが。

西原 出演回数でいったら、千鳥先生に印税の何割かを渡さなきゃいけないね。

岩井 ホンマに。しかし、千鳥先生のいくつになっても尽きない性への探究心はさすがだわ。私、尊敬してるもん。

人類は2種類に分けられる!? 穴に入れるか、入れられないか

西原 最近、志麻子ちゃんの性欲はどうなの？

岩井　正直なことを言うと、最近の私はエロ力が枯渇気味なのよ。

西原　それはどうにかせんとアカンね。

岩井　だから、近々の目標としてインド人と『カーマ・スートラ』（※古代インドの性愛論書。セックスにおける心構えや体位、愛撫の技法などのテクニックについて詳しく書かれている）の研究をしたいんよ。

西原　性欲わいてくるといいねえ。

岩井　ほら、インド人のセックスって色々とスゴそうじゃない。だから今年は初めて現地へも行ってみたのよ。

西原　インドと言えば鴨ちゃん（※戦場カメラマンとして活躍した鴨志田穣氏）が「人類は穴にうんこを入れる人種と入れられない人種に分けられる」って言ってってね。

岩井　どういうことよ!?

西原　要するに便所でちゃんとできるか、そこら中でしちゃうかって。そういう意味では、インド人は穴に入れられないタイプなんだって。

岩井　日本の公衆便所でもよくいるわよね。思い切り的を外してしまう方が。

西原　インドはそんな人ばっかり。というか便所があっても行かないの。道を歩いてたら、いきなりズボン脱いでブリブリ始めちゃう。穴があっても穴に入れない人たち。

岩井　それは困るなー。私は穴に挿れて欲しいのに！

西原　道で、いきなりズボン脱いで始めちゃうかも……。

岩井　それは困るな（笑）。

ヒンズーの神様の思し召し⁉ インド人から手渡されたのは…

岩井　あ、そうそうインド人といえば、私も彼《か》の地でビックリした経験があるのよ。本屋に行ったときの話なんだけど。

西原　うんうん。

岩井　そしたらね、インド人がヒョヒョヒョ〜っと私のそばにやってきて「あなたのお探しの本はこれですね」って、持ってきた本見てみたら『カーマ・スートラ』なのよ！

西原　志麻子ちゃんは見ぬかれちゃったのね、そのインド人に。それは『カーマ・スートラ』を勉強しろというヒンズーの神様の思し召しだったのかも。

岩井　そうかもなあ。やっぱり、いつかはインド人とお手合わせせなアカンな（笑）。

31発目●久々のシンガポール遠征

三年近く行けなかった海外旅行に、ついに行ってきました。

いろんな手続きの大変さ、その辺は後日に語るとして。なぜ真っ先に、シンガポールだったか。それは自粛中に悶々しながら書いた小説『煉獄蝶々』の舞台にしていたからです。

書籍化されたら、それ持って現地に行く。てのが生きる熱量と、耐える力になっていたんですね。

自粛中、現地の画像とか見てたら、シンガポールの有名バーにたまらんセクシー美男バーテンダーがいるのも発見。彼にカクテル作ってもらう、そんな妄想もたぎりました。

しかし結論からいいますと、そのバーには何度か行ったものの彼には会えず、エロい収穫は0でした。

というのも帰国日が迫ってくるとPCR検査で頭が一杯になり、陰性の結果が出た途端、もうカニ食べながらタイガービールで乾杯、それしかなくなってしまったのね。

シンガポールの歓楽街ゲイランの店でチリクラブむさぼり食ってたら、理恵子画伯と名物編集者ゆかりたんから、バーテンダーどうなった、とのLINEがしばしば来て、

「男は裏切るがカニは裏切らん」

と返信したら、こぞって非難が。

「カニにチン×は無いぞ」

私ってつくづく一つのことしか考えられない、一度に二つのことができないというのを再確認しました。

さて、おかげさまで『煉獄蝶々』そこそこ好評ですが、これ思い切った宣伝をしてもらったんですよ。

版元の角川書店が、公式サイトでほぼ半分を無料公開。普通、冒頭の一ページとか第一章だけですよね。

しかし双葉社の重鎮である猫田さん（まあまあ意味ある仮名）たら、変な義憤？　に駆られてるんです。

「たとえば冒頭の一章だけ見せられるのは、無料なのはキスだけってことでしょ。そこで満足、有料部分は要らん、となる人もいますよ。

でも半分も見せられるのは、裸になってくわえられたところで、本番したいなら金払え、ってことだよ。

ここで中断はできん！　続きを求めて買うしかなくなるじゃないか」

考えてみれば例のバーテンダーも、まったく会えなかったから次を楽しみにしよう、みたいな可愛い乙女心が芽生えたわけです。

エロい期待を目の前で持たされて寸止めだったら……翌週もまた渡航する、やれるまで滞在する、みたいな無茶をしていたかもしれません。

32発目●

加工と現実

私は思うところあって、仲良しとのLINE以外のSNSはやっておりません。酔った勢いで「フェラなう」とツイートしたり、インスタで全世界にハメ撮りや黒アワビの自撮りをアップするに決まってますから。

そんな私でも、スマホに美顔アプリは入れてます。これ勝手に美肌にして目ぱっちりに加工してくれる上に、さらなる操作をすれば小顔になって脚を長くすることも簡単。

でもやりすぎると、現実の私もこれだと錯覚してしまい、普通に撮った写真で「こんなヤバいオバサンだったのか」と現実を突きつけられて、愕然とすることになるのね。

それと私は週に一度はテレビに出てるんで、写真を加工しすぎると恥かくことになりますから。

ともあれ現代は、写真は全っ然あてにならない時代になっています。

出会い系、婚活にパパ活、写真と本人がまるで別人ってのは、もう皆わかりきっているのに、期待しては裏切られるの繰り返し。逆に、期待させては裏切るってのもね。

考えてみれば風俗店はスマホ無き時代からそれをやってきたわけで、時代の先端を行ってたんですね。

さて私のお気に入り動画に、近隣国から流れて来たのがあります。美少女がにゃんにゃんと猫の真似をしていて、たまらん可愛いんです。

ところがそれも動画の加工フィルター使ってて、本人うっかりスイッチ切ってしまい、五十路の熟女が出現。しばらくにゃんにゃんしていて途中で気づき、スイッチ入れた瞬間、平凡なオバサンは一変、アイドルみたいな美少女に。まさに化け猫。

これ理恵子画伯に転送したら、

「平安時代みたいだ。やり取りが手紙だけになれば、文が上手けりゃ中身は何でもいいとなるのかも」

といった、まさに趣ある返信が。

ふと思ったんですが、あくまでも現実には会えない動画配信などであれば、顔も声も加工できるんだから、トークがイケてて動作が可愛ければ中身オバサンでも全然ＯＫですよ。

逆に本物の若い美人でも、陰気で無表情、何のサービス精神もなきゃ、そんなに人気は出ないでしょ。

未来の風俗店は、客の理想とする姿の女が仮想空間で相手をしてくれ、その中身はベテラン熟女となっていくんじゃないでしょうか。

私は人気嬢になれるかもしれないと、未来に夢を描きます。

33発目 ●もう一つの口

少し前ツイッターで話題になったのが、あるマヤ文明の人形でした。

横たわる男が尻穴に酒瓶？　を突っ込み、なんともいえぬ恍惚の表情を浮かべているのです。

なんでも古代マヤの人達は、早く酔っぱらうために酒を浣腸していたんですって。

酩酊、泥酔は、神に近づける状態だと信じていたからです。確かに口から飲むより直腸に吸収させた方が、ダイレクトに効きます。

これを、ケツ穴の魔術師とも呼ばれる、一見ダンディーな紳士、その実体はハードゲイのオネエ文化人、千鳥先生（やや配慮した仮名）に話したら、ちょっぴり怒られました。

「アタシは上も下も下戸なのっ」

確かに千鳥先生、お酒はほとんど飲めません。酒に弱いのは、口から肛門までなのね。

千鳥先生はさておき今回初登場の、もっと若いゲイのモーくん（配慮したつもりの仮名）によると、

「女性が陰核ではなく膣で絶頂に達するの、ナカイキというでしょ。男も尻の中で達する、ケツイキってのがあるわけですよ。

ぼくもやったかどうかは明言しませんが、尻穴に酒を入れてケツイキできた仲間、何人かいます。

ケツイキできたときは、本当に神に近づけた気になれますね」

って、モーくんもやったんじゃないのという謎を残しつつ、しかしこれは真面目に危険です。

直腸は本当に吸収がいいので、現代に生きる良い子はダメ絶対、酒は口から飲みましょう。

てな話を、女の飲み友達にしてみたら、こんなことをいわれました。

「サバイバルするとき、汚れた水しかない、飲めば体調が悪くなるかもしれない、でも脱水症状を起こす前に緊急で水分補給しなきゃならない、となったときもやむを得ず、お尻の穴に入れるみたいよ」

私は長年のイボ痔持ちなので、尻穴は立ち入り禁止、KEEP OUTのテープを張ってあるのですが。

ウンコだけではもったいない、いろんな使い道があるのかも、とも思えてきました。酒はやっぱり口から飲み、適度に酔いたいですけど。

で。改めて元ネタである古代マヤの人形を見返したんですが。

神に近づけた恍惚感というよりも、ケツイキで悶えているようにしか見えない私は、きっと信仰心が足りないのでしょう。

34発目●恐山の祟り

子どもの頃から怖いもの全般が好きで、ホラー小説を書くことを職業とするまでになったのに。

死後の世界、幽霊、祟り、といったものには、今もって半信半疑のままです。私にとって、幽霊と男は同じもの。大好きだけど、信じきれないのです。

そんな私も青森の霊場、恐山には憧れと畏怖を抱いたまま、まだ足を踏み入れたことがありません。

身近に、恐ろしい恐山の祟りに遭った人がいるからです。

私は長らく東京ローカルの番組に出させてもらってますが、そこの〇取締役です。

見た目も中身もまさにジャイアンなのですが、チン×だけがちんまり可愛いのです。

おことわりしておきますが、私は彼と深い仲ではありません。

本人が酔えば全裸になり、頼んでもいないのにご開陳するのです。

「こんなに小さくてもズルムケ」

などと、自慢にすらしています。

そんな〇取締役は中学の修学旅行で、恐山に行きました。

そこで彼を含む悪ガキどもが、畏れ多くも霊場で、積んである石を崩すなど、悪さをしまくったのです。

東京に戻ると、悪ガキどもは次々と不慮の事故に遭い、病魔に襲われてしまいました。

まだ難は逃れていた〇少年でしたが、彼のお祖母様が青ざめ、謝罪の手紙を書けと命じたのです。それをお祖母様が携え、恐山に供えるために参りました。さて現地に着いたお祖母様が、手紙を開いてみたら。

「やれるもんなら、やってみろ」

……家に戻ったお祖母様、お前なんか死ねと孫をぶん殴りました。

月日は流れ、O取締役は様々な荒波にも揉まれましたが、美女を妻にし、順調に出世していきました。

「恐山が恐れた男」

いつしか、そんなふうに呼ばれるようにもなりました。あれから四十年近く経った今も、O取締役の友人知人は恐山に行く機会があれば、

「O取締役を許してください」

と祈っているというのです。悪ガキで悪いことをしたのは確かですが、人望はあるのですね。

皆さんの祈りによって、彼は無事でいられ、出世もできたのです。

いや待てよ、ふと立ち止まる私。

もしやチン×が中学で成長が止まるという、それこそが恐山の恐ろしい祟りなのではないでしょうか。

35発目●スケベの許容範囲

コロナでいっとき中断されましたが、志麻子ファン・ツアーなる旅行が定期的に行われております。昨年の夏には、伊豆半島を巡るバスの大人旅を催していただきました。

盟友の理恵子画伯もお客さんとして参加してくれ、皆さん大喜び、大いに盛り上がりました。

この連載の準レギュラーみたいになっている、一見するとダンディーな紳士、その実体はハードゲイのオネエ、千鳥先生（もちろん仮名）もゲストとして来てくださいました。

志麻子の公式ストーカーと呼ばれるチン×のデカいSくんも、この日のために六尺フンドシの締め方を学び、宴会場で披露してくれました。

タイのツアーの夜も、貸し切り状態になったんでゴーゴーバーの舞台にパンツ一枚で飛び乗り、モッコリをアピールしてくれたことは、以前もここに書きましたね。

Sくんはさておき、御一行はなんといっても熱海の秘宝館で盛り上がりました。エロい展示物にまみれた、大人のテーマパークね。

その一角で、浦島太郎を題材にしたAV？　が上映されていたのですが。男優の顔はそんな悪くないのに、あまりにも体がブヨブヨ。理恵子画伯が、怒り出したんですわ。

「こんなラーメン食い過ぎたような腹で、大勢の目にふれる場で脱いで見せるとはどういう了見だっ」

私も賛同しましたよ。ところが男への審美眼が厳しいはずの千鳥先生が、妙にかばうんですわ。

「すべての人が、引き締まった筋肉質の体が好きってことはないのよ。ああいうブヨブヨが心底から好きっ、て人もいるの。

ゲイの集う二丁目には、捨てるゴミ無し、ってことわざもあるわ。デブが好き、ジイサンが好き、コ汚いのが好き、いろいろいるから、あぶれる人がいないのよっ」

考えてみれば私も、たとえば誠実な公務員と結婚したくてもできないから、仕方なく今のジョンウォンとくっついたんじゃないです。ヒモなのに浮気者のジョンたんが、おもしろくて可愛くて好きなのです。

「アタシも若いときならブヨブヨな男に対して、死ねばいいわ〜とか、冷ややかだったはずだけど。

今はアタシもかなりブヨってきたから、そんなことといったら自分が死ななきゃならなくなるもの〜」

己を知り、スケベの許容範囲が広がる、これぞまさに大人の旅です。

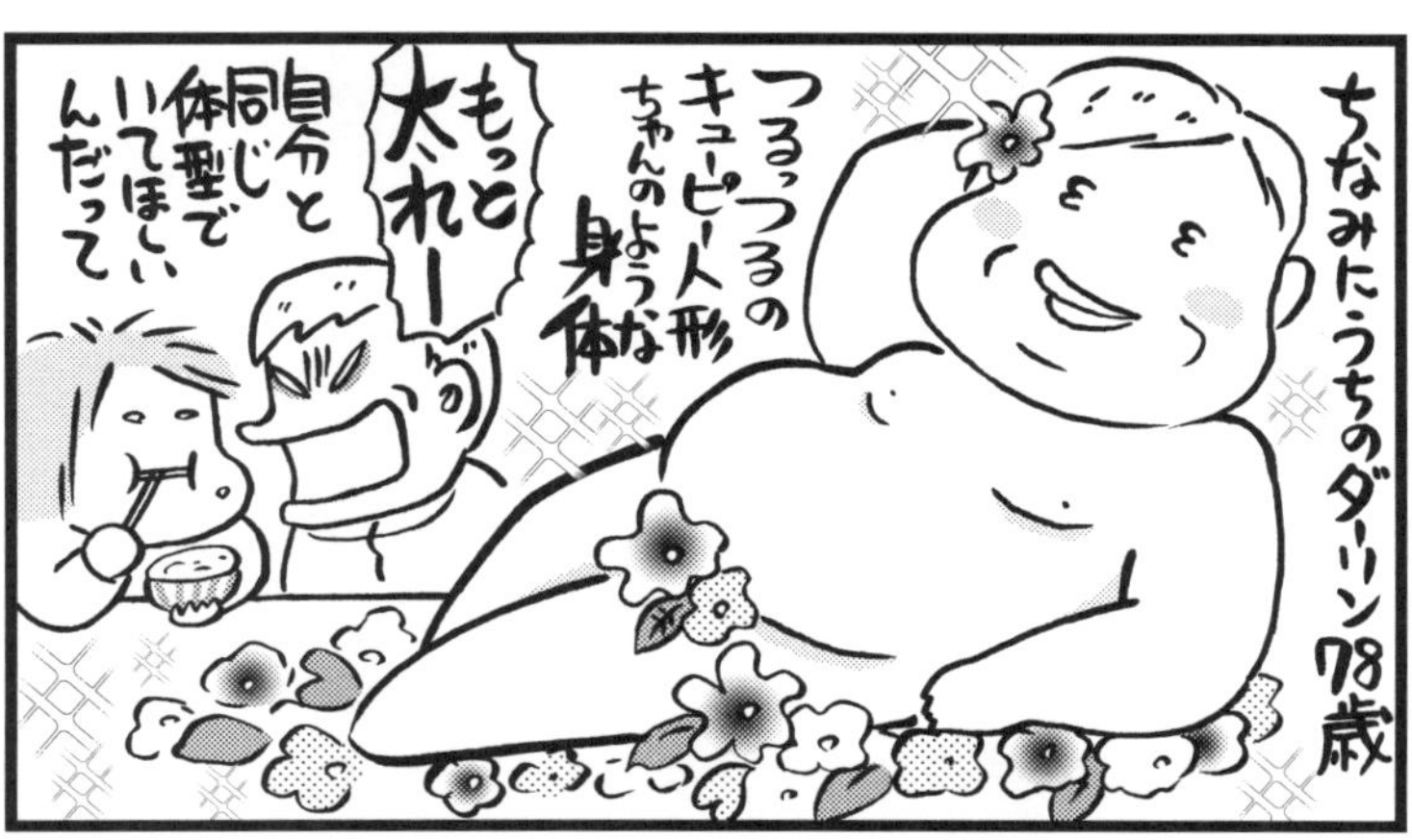

36発目●スケベ界の人間国宝

大衆の読者なら、小笠原祐子さんをご存じの方も多いでしょう。八十歳を超えてAVデビュー、八十七歳になられた今も新作の撮影を控えているというエロ界のレジェンド、スケベ界の人間国宝です。

二年前にも週刊誌で対談させていただきましたが、先日は八十七歳のお誕生日に、お食事をご一緒しました。相変わらず語りも歯切れよく、お肌も艶々でスケベで最高でした。

「もう私はオバサンだから、男に注文したり夢を持ってはいけない、みたいな躊躇いがあります」

以前の対談で、私がそんなことをいったら、明解に否定されました。

「AVに誘われたとき、相手が若いデカチンのイケメンなら引き受けると答えたの。そうしたら本当に若いデカチンのイケメンを連れて来たので、引っ込みがつかなくなって出演した、ってのもあったけど。あなたや私は特別な女なんだから、堂々と男に対して注文つけていいし、夢を持っていいのよ」

おかげさまで開き直って堂々としてたら、ほんまに私の元にも若いデカチンのイケメンが来ましたからね。詳細はまだ、伏せておきますが。

とはいえ、小笠原さんほどの吹っ切れ方はまだできない小娘（小笠原さんから見れば）の私。

「勃たぬなら殺してしまえ、はダメ。勃たぬなら勃つまで待とう、もダメ。勃たぬなら勃たせてみせよう、これが正解です」

こうもいわれ、はたと膝を打ちました。はい、元ネタは戦国武将のホトトギスのアレですね。

勃たぬチン×には、豊臣秀吉になるのが最良だそうです。

「殺すのは論外として、鳴くまで、勃つまで待つのも時間が惜しい。

しゃぶってあげる。しごいてあげる。こちらもただ待ってるんじゃなく、あちらが勃つために助けたり、共にがんばったりしなきゃ」

なるほど。自分でがんばれ、じゃなく、私もがんばってあげる。これぞ年の功ですね。

しかし前回もお聞きしましたが、小笠原さんて処女のまま結婚、旦那が亡くなるまで男は旦那しか知らず、今に至るも旦那以外の男は、すべてAV男優なんですよ。

その旦那が絶倫で、亡くなるまで毎日やっていたとか。はたしてこういう人は男性経験が少ないというのか、豊富というのか。人生経験豊富なのは、間違いないですが。

37発目●風俗ネーム

この連載における準レギュラーの一人、某テレビ局に勤務の汁太（まあまあ適当な仮名）は、やっと上司からのエロ自粛解除が出たので、久しぶりにソープに行ってきたとか。

そしていそいそと控室に私を訪ねて来ると、事後に行われるアンケート用紙を見せてくれたのです。

本当に汁太は清潔感のある好青年なので、相手をした姫からの高得点や高評価は、サービス業であること、次の指名を期待しての忖度など差し引いても、ものすごく盛ってはいないと確信いたしました。

「貴殿のご子息についての審査」

という欄は任意なのですが、汁太はきっちり希望していました。

長さの項目には「長い・短い」の他に「適正」というのがあり、「太さ」にも「太い・細い」の他に「適正」の選択肢がありました。

しかし長い短い太い細いは、姫の個人的な見解もあるとしても、まぁ世間一般の相場ってのがあります。

多少のバラつきはあっても、太いは太い、細いは細い。と納得もいくでしょうが、適正ってのはなかなか、一筋縄ではいかぬものですよ。

デカいのは痛くて嫌って女も、小さくてもカリ高がいいって女も（私です）いますからね。

ですからどんな粗チンでも、姫と相性が良ければ適正に丸をつけてもらえるのですよ。エロの世界は大らかで、優しいですね。

いやしかし、それらの欄より心打たれたのは、名前の欄に汁太が堂々と本名を書いていたことです。

「ぼくは、スケベなことをしているだけです。何一つとして、やましいことはしていませんから」

というのが、その理由。でもこの世には、様々な事情から偽名を名乗らざるを得ない人もいるのです。

隣で話を聞いていた、テレビ関係者の亀男（適当すぎる仮名）は、顔もかなり知られているうえに姓も珍しいので、一発で身バレします。

「ぼく、風俗店では山田と名乗ります。身分を隠したいのもあるけど、珍しい名前の人って、逆に平凡な名前に憧れるんですよ。平凡な名前で呼ばれてみたくもあるんです」

私は名前や身分を隠したい場所に行ったことないですが、もし行けばとっさに理恵子とか、仲良しの名前を名乗りそうな気がしますね。

でもアンケート用紙に「すごい名器」と書いてもらっても、理恵子が誉められたようでうれしくないかも。

38発目●相応しいスケベ心

この連載においてレギュラー化しつつあるテレビ関係者の亀男（激しくいい加減な仮名）がある日、乱交パーティーに行ったそうです。

でも部屋に入った瞬間、エロいことが始まるのではありません。最初は大広間でみんなガウンみたいなの着たまま、普通の婚活パーティーや合コンみたいに雑談や自己紹介をし、距離を詰めていくんですって。

その中に近隣の某国から来た清純そうな子がいて、スケベ心も溢れんばかりですがホスピタリティーにも満ちている亀男、所在なげにしていた彼女に接近、

「君の国、行ったことあるよ」

みたいに、まずは穏当な友好に努めました。そしたらどんどん彼女が心を開いてきて、身の上話や日本での苦労など語りだしたとか。

となると亀男も妙に思い入れが強くなってしまい、スケベ心を持つことに罪悪感すら抱くようになってしまったのね。そうして、

「親睦をもっと深めましょう」

と主催者が雑談タイムを打ち切り、今すぐ相手を決めて隣のヤリ部屋に移れ、となったとき、濃い化粧に場慣れっぷりがすごいドスケベ熟女が、いきなり割り込んできたとか。

思わず亀男、その熟女の手を取ってしまい、すっかりその気になっていた某国の彼女は呆然、泣いてしまったというのです。

「好きになったから、できない。そんなの、チン×出した乱交の場でいうことではありませんよね。でも、

偽らざる気持ちでした」

しかしある意味、瞬時にその場に相応しい気持ちにもなったのです。

すなわち、とにかくドスケベそうな女と後腐れなくヤリまくりたい、という本能に忠実なものです。

そもそも真剣な交際相手を探す場ではないですもんね、そこ。

そんなことを思い出しながら先日、シンガポールの歌舞伎町ともいわれる風俗街を歩いてきました。ゲイランは公認の店もあれば、勝手に路地に立つ女もいます。その中に、すさまじい姉さん達もいるんですわ。

元は男なのが丸わかりの堂々たる体躯に、歌舞伎みたいな化粧、しかも全身がっつり刺青まみれ。客となる男達は、普通っぽい可愛い子を求めないのでしょうか。いや、これも考えてみれば、だったらマッチングサイトとかで探すでしょ。

徹底したプロを味わいたい男だけが、その路地に来るわけです。

39発目●十万円の夢

前回に引き続き、テレビ関係者の亀男（いい加減な仮名）の話です。

亀男、あるとき競馬で大きく当てたんで、うんと高い風俗に挑戦してみたんですって。そのデリヘル、なんとお値段十万円。

「えーっ、どんなすごい美人が来るの。もしかして芸能人とか。あるいは、変態さん向けの特殊オプションがついてるとか」

それくらいしか想像、予想できなかったんですが、亀男の答えは意表を突くものでした。

「女の子が、身分証明書を持ってくるんです。つまり、本名と昼間の職場、あるいは現住所や生年月日が明らかになるのです」

確かに女の子としてはそれらを見知らぬ客に知られるのは、かなり高リスク。その分、金が欲しいって気持ち、わからなくもないですよ。

亀男は、嬢の本名とか本職を知っても、いいふらしたり脅しめいたことなど絶対にしない紳士ですが。

「男って、それらを知りたいものなんですかね。知ったら、興奮が増すのでしょうか」

「はいっ。一流企業のＯＬが悶えていると思えば、興奮しますよ。わざと本名を呼ぶと、ビクッとしてうろたえるのも、たまらんです」

と、大きくうなずきました。

私はこれまで主に仕事で、現役も元も含めてＡＶ女優にたくさん会ってきましたが、親しく話をしてしまうと、もう二度と彼女の出ているＡＶが観られなくなるんです。

なんか親戚や元同級生のような気分になってしまい、エロい目で見ることに気恥ずかしさ、罪悪感を抱いてしまうのね。

ところで亀男、肝心のお相手の職場ってどこだったの、と聞けば。

これ、絶対に嘘だと思うから、そのまんまを書いてしまいますね。

「日銀だったんですよ」

……。私が瞬時に思い出したのは、吉本新喜劇の舞台における、定番かつ古典的なネタです。

「私は日銀に勤めております」

「ほほー、日本銀行ですか」

「いえ、日本銀紙製作所です」

ズコーッ（盛大にズッコケる）。

身分証明書が嘘なら、その十万円ってのは詐欺、ぼったくりとも思ってしまうのですけれど。

そもそも、風俗に定価なんてものはないですからね。

夢を買ったというなら、適正価格なのかもしれません。

40発目●本物と偽物

少し前、有名な元スポーツ選手が空港の手荷物検査で何度も金属探知機が反応して激高、係員に手を上げて逮捕、という事件がありました。

スマホを手放さなかったため、とのことでした。私はてっきり、チン×に入れたリングでも反応したのかと勘繰っておりましたよ。

そんな私も、海外の空港でピストル型ライターを没収されてしまったことがありました。

でもそれ手のひらサイズで、一目でオモチャとわかる代物ですよ。

と愚痴ったら、その場にいた銃砲店の社長にたしなめられました。

「わざとオモチャに見えるように作った、本物の銃もあるんだよ」

これ、意表を突かれました。これとは逆に、モデルガンってのは、できるだけ本物に見えるように作られたオモチャです。

殺すのが前提の戦場や本気のカチコミ現場はさておき、殺す気はなくただ脅したいだけの強盗とかケンカだったら、本物に見えるモデルガンを持って行きますよね。

逆に、相手を油断させておいてガチに殺す気だったら、オモチャに見える本物を持って行くでしょう。

それで連想、思い出したのが、二人の対照的な人物です。

人気作家のF先生はとても温和な紳士ですが、どこから見てもその筋の人というか、反社のコワモテっぽいイカつい服装や雰囲気をまとってます。本人は、こう弁明します。

「ぼくの地元は柄が悪くて、普通の格好していたらたちまちカツアゲされるし、因縁つけられて痛い目に遭う。こういう格好してたら、無事にやり過ごせるから」

F先生は、まさに本物に見えるモデルガン。作家として、男としては本物の中の本物ですが。

この逆が、友達の業界人、玉太郎（適当すぎる仮名）ともヤッた、アイドル志願のヤリ子（さらに適当すぎる仮名）です。

有名グループのオーディションで、最終まで残るくらいには可愛いのですが、なかなかメジャーデビューができずにいます。

そこで、芸能関係のオッサン達とのパパ活に励み、業界の男とやりまくってコネを作っているんです。

玉太郎とその友達のヤリチン社長と3Pまでしておいて、清純派のアイドルとしてがんばる、といってるヤリ子こそ、オモチャに見える実銃、ではないでしょうか。

41発目●アピールが大事？

およそ二十五年前に上京して以来、私に来る仕事といえばホラーかエロのどちらかです。別に、威張ることでもないですけれど。

先日、ホラーの方の仕事をお受けしました。怖い話を専門に扱う人気ユーチューブチャンネルです。そこで同郷のイケメン快男子にして怪談師に、戦慄させられたというより、目から鱗を落とされました。

昭和の子である私は、呪いといえば丑の刻参り。神社の木に藁人形を釘で打ち付ける、あれです。いろんな細かい約束事や作法があるそうですが、「呪いをかけているところを誰かに見られたら、呪いが効かないどころか自分に返ってくる」というのは、有名な話ですね。

だから、呪いとはこっそり隠れてやるもの、相手に気づかれてはならぬものだと思い込んでいました。

「いいえ。私はお前を呪っていると、相手にはっきり伝えましょう。

密かに呪っていたら、それが効いて相手が事故に遭ったり病気になったりしても、当人は不運だった、不注意だった、と思うだけ。

なら、せっかくの呪いは効いてないも同然でしょう。だけどお前を呪うと正面からいっておけば、それこそ不注意で転んでも、あいつの呪いが効いてると、いちいち怖がってくれるわけです」

確かに、どんなにモテたい、ヤリたい、と強く願っていても、家の中で何もせずじっとしていたら、出会いや機会などありません。

出会い系、見合い、ナンパ、合コン、何でもいいからヤリたい気持ちを明らかにして行動に移せば、必ず応えてくれる相手は現れます。

考えてみれば『週刊大衆』は、上品ぶりながらゲスな下心スケスケの奴や、愛と正義を掲げつつ実情は銭ゲバ達の私利私欲まみれの団体などに比べてみれば、なんと清々しくスケベさを表明し、真っ直ぐに世のスケベどもにアピールしていることでしょうか。それをいうと、彼はこう答えてくれました。

「丑の刻参りをしている人をこっそり物陰から観察していると、最初は死ね！　死ね！　とうめきながら釘を打っているのに、興奮して錯乱してくると、愛してる！　好き！　と叫び出す場合が多いんですよ」

『週刊大衆』がスケベさを突きつめて高みに到達すれば、清らかな祈りが鳴り響き、崇高なる光が天から降り注ぐかもしれません。

42発目●良いセックスとは

もともとエロ話ばかりしていた私、この連載が始まってからは、会話の九割がエロ話になっています。先日も仲間とエロ話をしていたとき、変態や特殊風俗店の話題もさすがに尽きかけたところで、

「そもそも良いセックスとは何」

「アレが上手い人ってどんな人」

という、原点に立ち返るようなことを誰かがいい出しました。普通に考えれば丁寧な前戯や後戯、本番は強く長く愛し、適宜に体位も変え刺激的かつ甘い雰囲気も作れる、みたいなのでしょう。

しかしそういう相手に当たっても、相性のようなものがイマイチで、前戯も無しの早漏のやや乱暴な正常位だけの元彼の方がイキまくった、なんて女もいるわけです。

名器すぎて、あれこれされるよりただハメてるだけが最高の女もいた、と証言する男もいます。

知り合いのバーのママは、

「日本一クンニが上手いと噂される男とやったけど、あまりにもタイプじゃないブサメンで、目をつぶってるとイキまくれたけど、ちらっと顔が視界に入るとたちまちアソコはサハラ砂漠と化したわ」

と、肩を落としていました。

様々に議論しましたが、生殖という本来の意味に立ち返れば、某文化人男性ではと思い至りました。

その先生はセックス嫌いを公言、

「義務的に妻に入れて出すだけ」

を五回しかやってないのに、子どもが三人いるのでした。省エネ低コストで確実な収益、ともいえます。

そういや私はクレー射撃をやってまして、いつまでも下手ですが、私が撃つ姿を見た人は驚愕します。構え方、狙い方、すべて無茶苦茶なのに、いくつかは当たるのです。

「あんな撃ち方で当てられるとは、実はすごく上手いのではないか」

と噂されてます。有名選手に、

「あんたは選手として大会に出れば最下位だけど、戦場では平地で正しい姿勢で撃つのが困難なことが多いから、どんな足場が悪い所で無茶な撃ち方をしても当たると考えたら、狙撃手としては優秀なのでは」

と感心された話をエロ話仲間にしてみたら、こういわれました。

「あんたは好きな男とは恥じらってマグロ化するけど、どうでもいい相手だと、それこそ変な体位で変なやり方をしまくるんだってね」

なんだかんだで結局、私は上手い人ではない、となりますかね。

「男医が教える一番気持ちいいセックス」
うしろからぷすっと入れて秒で出して逃げる
野性の雄が生殖に時間をかけるなどありえない
短小包茎早漏が最も優れた雄であーる
わはは
包茎手術を流行させ日本中の男子を恐怖のずんどこに落とした男の今である

43発目●

奥深きエロ・ホラー

おかげさまで私はこのように、エロい話と怖い話を仕事にできて久しいのですが、今もってそれらの本質を知り尽くし、しゃぶり尽くしたとは到底いえません。どちらの道もまだまだ険しく、奥深いのです。

たとえば誰が語っても怖い話、話そのものがエロい要素に満ち満ちてるってのもありますが、「あの人が語るからこそ怖い」「普通の人が語ったら単なる笑い話」というのもあるわけですよ。

たとえば先日、聞いた話です。

「カブトムシを飼ってたんですが、日本種のは夜の交尾中に、電気つけたらパッと離れるんですよ。でも外国種のは、まったく気にせずやり続けてました」

これ、カブトムシでも日本産は恥じらいがあるのか、さすが外国産はカブトムシまでパワフル、といった感心もできるし、ちょっとエロ要素のある笑い話にもなるんですが。

話そのものは、猛烈にエロい、たまらなく興奮する、ってことはないでしょ。私もこれ、話そのものではオナ×ーのオカズになりません。

しかし、私は今これをエロ妄想として大いに膨らませ、実用化もしているのでした。

というのも、これを語ってくれたのが『週刊大衆』の対極にあるような、おしゃれ女性誌の専属モデルさんだったからです。

あの清楚な美女が、夜中にこっそりカブトムシの交尾をのぞいている。その場面を想像すると、たまらんものがあります。

私は決して、カブトムシの話そのもの、ひいては交尾そのものに興奮しているのでもありません。

逆にそれで興奮できる人がいたら、高度な変態さん、エロステージが高い、とリスペクトの対象にもなりますが、それはおいといて。

我が岡山県から彗星の如く現れた、藤井風さんという、さわやかイケメン歌手がいますよね。

彼によって岡山に興味を持ち、そこから岩井志麻子の岡山を舞台にしたホラー小説にたどり着いた、という人達がちらほらいるんですわ。

これも、好きになったものが思いもよらない新たな世界につながってしまった、という、ちょっといい話にもなるんですが。

さわやかイケメンが、陰惨な恐怖の物語を運んできた。

という、まさにホラーの神髄に迫るような話にもできるんですよ。

岡山は人より用水路が大切でフツーに囲いがなく
日本一老人などが流されます
高知は人より橋が大切で大水で流れないよう抵抗をなくすために
欄干がなく日本一人が落ちます
ホラーをかいたつもり↓

44発目●希望を与えるエロ話

エロ話に貴賤はなく、何でもおもしろいというスタンスの私ですが。

劣情をもよおさせる、オカズになるというだけでなく、今後のエロライフに役立ち、人生全般を明るくし、生きる希望すら与えられる、そんなエロ話も模索しています。

しかし聞き手の年齢や性格や環境によって、ある人には夢を持って前向きになれる話が、別の人には単に嫉妬心をかき立てられるだけだったり、私には無理と委縮させるものになったりもするのです。

ぶっちゃけ、若い美人がモテたところから始まる系の話は、続く話がどんなにエロエロでも、

「そういうの、私の身にはもう起こらないわ～」

と、苦い笑いも漏れますわ。

ところが、さらに我が身とかけ離れていても、なんだか一条の光が射すような話もあるのでした。

この連載にしょっちゅう登場する一見ダンディーな紳士、その実体はハードゲイのオネエの文化人、千鳥先生。このエロ話の師匠に、ゲイさん達の出会いの場、いわゆるハッテン場における話をお聞きしました。

「もぉ目を見張るような若いマッチョなデカチンのイケメンがいてね、でもあたしなんか相手にされないわあ、と横目で見ていたの。

彼に負けないイケメン達が次々にトライするんだけど、彼は皆そっけなく断ってる。どんだけ面食いなの、イケるハードル高すぎかしら。あたし、ますます委縮したわ。

そしたら彼の方から、百キロ超えのデブオヤジを誘いに行ったの。

えっ、デブ専だったの、と驚いてたら、もっと驚かされたのが、そのデブオヤジ、イケメンの彼をあっさ

り断ったのよぉ。

でもってそのデブオヤジ、自分よりもっとデブ、百五十キロくらいありそうな超デブ兄さんに迫って、カップル成立してたわ」

王道のエロ話もいいけれど、これこれ、こういう話を求めているのですよ、私達は。

高嶺の花に相手にされないから仕方なく妥協して私の所に来た、なんてのではなく、とにかくこの私がタイプで、私を強く欲している人がいる、それも上玉が、という夢を持てるじゃないの。

逆に、世間の人には単なる笑い話やヤバい話でも、自分にとってはコスリ続けていきたいエロ話というのも、求めればきっと与えられます。

45発目●エロデータベース

私は日記もつけてないし、親しい人とのLINE以外のSNSはやってないし、執筆のための取材やインタビューなどしても、あまり細かなメモは取りません。

あまり詳細に記録しておくと、いざ原稿に書き起こそうとなったとき、それに引きずられてしまうのです。

これも入れなきゃ、ここは詳しく書かなきゃ、となって、それこそただのメモ公開になってしまう。

もちろん、詳細にメモを取る人を否定しているのではなく、人にはそれぞれ合ったスタイルがあるというだけです。私は自分の記録ではなく、記憶に頼るのが最適なのですわ。

しかし、ものすごく記憶力がいいというのでもありません。興味ないところはほぼ消去、私のこだわりやツボにハマったところだけが鮮明に焼き付けられ、そこを強調することで私の作品は生まれるのです。

前振りが長いですが、私は経験した男についても記録はせず、脳内のエロ冷蔵庫に仕舞い込むだけです。

ところが世間にはけっこう、エロ体験をデータベース化してる人がいるんですね。私の唯一の白人の友達(MXテレビ『5時に夢中!』を観ている方なら特定できるはず)Jくんは電化製品オタクというのでしょうか、すべて音声で動かせる機器を取り揃えています。

そんな彼の元カノの日本女性、ある日Jくんの部屋でハメた後、先に寝入ってしまいました。スマホも無防備に転がっていたので、Jくんついのぞいてしまったんですって。

そしたら彼女、ハメた男をデータベース化していたのが発覚。以下、すべて仮名で脚色もしてますが、「山田一郎・タワマンに住んでいるのにケチで早漏。田中太郎・デカいがいつも中折れする。鈴木次郎・アイドル好きでケツ穴も好き」

みたいな感じに。Jくん衝撃を受けながらも、自分も何か書かれているかと探したら、ただ一言。

「J・全自動外人」

それだけが理由ではないけれど、別れたとか。

「悪口ではないんですけどねぇ」

まぁ、彼女にとってJくんは、エロに関しては良くも悪くもあまり刺さるものはなく、全自動の電化製品の方が印象的だったんでしょう。

「私はそんなこと、絶対しない」

といったら、舌打ちされました。

「志麻子さんはすべて文章にして、原稿料を稼ぐじゃないですか」

46発目●

名づけの価値

しばらく前に、日本だけに留まらないSNSの大炎上がありました。

民事、刑事でも訴えられ、外国にもニュースとして拡散され、もはや大きな事件報道となりました。

高校生男子が回転寿司の店で共用の湯飲みをなめたり、他人が注文した寿司にツバをつけたりしただけでなく、それらを撮影し、動画を流してしまったアレね。

私もいろいろ思うところありますが、不謹慎にも真っ先に思い出したのが歌舞伎町にあった風俗店です。

円形にソファが並べてあり、客の男達が丸く輪になって座っているところに、エロい嬢達が次々に膝の上に座っていきます。

気に入った子がいたら、指名して横に座らせます。つまり、選んでお金払って食べるってことです。

嬢達はみんな、アナゴちゃんとかイクラちゃんとか、寿司ネタの名前がついていました。

行った男どもに聞いたら、みなさんこんなふうにいいました。

「回っていく寿司嬢が膝の上に来たら、ちゃんと金払って食べる気なくても、皆さんとりあえずなめたりしゃぶったりするんだよ〜」

「男どものツバがべたべたついているのが、ほんっと嫌で食欲減退。でも、俺もついなめちゃってた」

その店、もうなくなってしまったんですが。もし私が若い娘さんで、働くことになったと想定したら。

まず、どういう名前を付けられるか気になりますね。やっぱり当時も、人気嬢や美人にはトロちゃんウニちゃんといった高めの名前が振り分けられていたそうです。

そこであんたはカッパ巻きちゃんとかいわれたら、安く見られたもんだわとショック受けるかも。

コーンちゃんだのツナちゃんだのでは、高級店にはない、それこそ回転寿司だけのネタだと落ち込むかも。いや、食べる分にはカッパ巻きもコーンもツナも好きですよ。

コハダちゃんだったら、私ってあまり一般男子には人気がないと見られたか、でも通好み、マニアックな遊び人にはウケそうなのかしら、と複雑な気分になるでしょう。

ガリちゃんやアガリちゃんなら、もはや寿司ですらない戦力外通告か。寿司店には必要なものですけどね。

なめられるばっかりで誰にも取ってもらえず、ずっとレーンを回り続けて乾いていく自分を想像すると、なんだか切なくなりますね。

47発目●エロ嘘発見器

先日、仕事で有名芸人の肉柱さん（以下、彼を含めみんな適当すぎる仮名）にお会いしたので、いいエロ話はないですかとおねだりしたら、ちゃんと応えてくれました。

肉柱さんはAV監督の黒棒さんと仲良しで、その黒棒監督が最近、ある有名女性とハメたんですって。

黒棒監督はけっこうどこでも誰にでも名刺をばらまくのですが、三割くらいの女が電話してくるとか。

そして彼女らは、自分もセクシー女優になりたい、のではなく、プロのAV監督とハメたいのです（あくまでも監督本人談ですよ）。

そんなある日、監督の元に有名な女性文化人ハメ子から電話があり、会いたいといわれたんですって。

チャラいネーちゃんではなくインテリお嬢様なので、自身の住む世界とはかけ離れた所にいる男に純粋な好奇心があり、取材目的でもあるのかと、承諾しましたが。

何をしゃべればいいかわからないので、会話の小道具としてオモチャを持参したのでした。

といっても、バイブや電マではありませんよ。それは嘘発見器。これの精度、正確さのほどは不明ですが、機械につながったコードを握らせて、質問に答えさせます。

すると平静を装っていても、嘘をつくと汗かいたり心拍数が上がったりで、機械が反応するんですって。

「これからぼくの質問に、すべて『いいえ』と答えてください」

個室で向かい合って適当な世間話をした後、黒棒監督はおもむろにハメ子に、嘘発見器につながったコードのボタンを握らせました。

「○山×子が嫌いでしょ（註・ハメ子のライバル的な文化人）」

「いいえ！　とっても尊敬してるし、仲良しなんですよ」

機械、激しく「嘘」の方に針が振れる。といったやり取りの後、ずばり黒棒監督は聞きました。

「ぼくとヤリたいんでしょ」

さあ、ここで「いいえ」と答えて激しく針が振れるか、その後どうリアクションするか、と考える間もなく、いきなりハメ子は手を離し、機械を押しのけたそうです。

「その質問に対し、嘘でも『いいえ』といいたくないです」

肉柱さんは黒棒監督にその話を聞いてからは、テレビなどでハメ子を見るたび、あまりタイプでもなかったのに、チン×が嘘発見器の針みたいに振れるようになったのでした。

48発目●凡庸スケベの二択

繰り返しますが、私はスケベであって変態ではありません。決して変態を蔑んでいるのではなく、逆にエロのステージが高いエリートとして尊敬しているのです。

なんだかんだいっても、私の周りにいる人達も並みのスケベばかり。

そんなエロの凡人どもが集まってエロ談義をしているうちに、スカトロ、つまりウンコを好む趣味人の噂話になっていきました。

「イケメン俳優××さんは東京に住んでるけど、わざわざ大阪の専門店まで通ってんだよ。そこは気に入った嬢のウンコを密閉容器に入れてお土産に持たせてくれるんだって。だけど××さん、家までがまんできなくて、いつも名古屋に着く前に食べてしまうらしい」

「有名AV男優のSさんが無名の頃、こいつは本物だと現場の全員をうならせたのは、ウンコを二切れ食ったからだって。

現場の異様な熱気、雰囲気に押されて勢いで一切れ食っちゃう奴はときどきいるけど、二切れとなると味を楽しみたい、本当に好きだから食べた、となるでしょ」

笑える話をしていたのに、不意に誰かが怖いことをいい出しました。

「ウンコと人肉。どちらか食わなきゃ死ぬとなったら、どっち選ぶ」

私はしばらく迷ってからウンコと答えたのに、その場にいた私を除く全員が、即座に人肉と答えたのです。

ありえん！　私は絶叫しました。

「ウンコなら確実にその趣味嗜好の人はいて、SMのオプションになってたり、さっきの人気俳優達みたいな笑い話にもできるけど。人肉食となると、完全に猟奇、変態を超えた犯罪の世界じゃないのよ」

そしたら私より遥かに常識もある人達が、一斉に反論しました。

「生々しい死体からその場で目の前で切り取った生の肉片、ってのはさすがに無理だけど。台所に持ってってシチューとかに料理してくれたら、肉は肉として食べられる」

「そう。肉には違いない。牛のも豚のも人のも。つまり食材なんだよ。でもウンコはウンコ」

「なんだと！　ウンコより人肉とは、お前達もはや変態ですらない」

なんで私がここまで逆上するのか、必死にウンコを弁護するのか、自分でもよくわからなかったんですが。

少数派になるのがこんなに怖いことだとは、やっぱり私は凡庸なスケベでいようと改めて思いました。

49発目●ファンタジーヘアヌード

先日、ある出版社の人達と会ったのですが。彼らの携わる週刊誌も、我らが『週刊大衆』に勝るとも劣らぬ毛だらけ、毛まみれのページを持っておられます。

それに関するちょっといい話、否、聞き捨てならぬ話を聞きました。

「南の島でヘアヌード撮影、という企画があって、ロケ地にモデルさん連れていったんですが。そのモデルさん、なんと『私はヘアに自信がない』とかいって、つるつるに剃り上げ、つまり毛無しのパイパンになってやってきたんです」

ヘアヌードにヘアがない。それは由々しき問題、なんなら詐欺です。

しかもヘアがないと、中の具が見えてしまうじゃありませんか。それは我が国では非合法、コンビニやキオスク、普通の書店では売ることができなくなります。

そこで編集部としては、ストックしてある多くのヘアヌード写真からまったく別人のヘアだけを切り取り、モデルさんの股間に貼り付ける、という加工をしたのでした。

それは素晴らしい技術で、モデルの股間にあるヘアがまったく他人のを合成しているなんて、紙に穴が開くほど見つめてもわからない完成度だったそうです。

「しかし、きれいなネーちゃんのヘアなら誰のでも見たい、という人は良しとして。そのモデルさんのファンなら、彼女のヘアだと興奮して見ているのに、実は全然違う人のだとなれば、だまされたってことになりますね」

つい、こういってしまったら。毅然として、いい返されました。

「これでいいのです。エロはすべてファンタジーなのですから」

いわれてみれば、そうかもしれません。ところでこの話、なかなかな後日談もあるのでした。

「合成したヘアが、タワシのような剛毛だったんです。その完成したグラビアを見た当のモデルが、

『こんなふうにされるんだったら、私自身のヘアを剃らず生やしたまんまにしておけばよかった』

と号泣したんですって。実際、あんな可愛い顔で下はタワシ、と読者らの反響もすさまじくて」

一瞬、可哀想なのはモデルか、と思いましたが。本当に可哀想なのは、知らぬ間にモデルからも読者からもタワシ呼ばわりされている、勝手に、しかもタダでヘアを他人の股間に使われた女性かもしれません。

50発目●エロ芝居

タレントの珍介（とても適当な仮名）は、ある合コンで会ったヤル美（適当すぎる仮名）と、その日のうちにハメてしまいました。

ヤル美が事後にぐっすり寝込んでしまったので、枕元の彼女のスマホをつい見てしまったそうな。

ヤル美の手を取って指紋認証を解除し、まずはメモ帳を開けたら。

「ずらーっと、ヤッた男の名前がリスト化されてたんです。ヤル美ってば、超ヤリマンだった。

友達の名前もあってドン引きしたけど、大物芸人やイケメンアイドルの名前もあり、驚きました。

さらにヤル美、五段階で成績つけてたんです。あのイケメンアイドルが2か、あのショボい野郎が5か、とかおもしろがってましたが。

なんかそのリスト、妙に引っかかる何かがある。モヤモヤしましたが、彼女が帰ってしまった後はもう、それを確かめられなかった。

さて、後日ある仕事場で昔から知るA男に会って、ふとヤル美の話をしたら。『俺、あいつとヤッてひどい目に遭った』というんです。

ヤル美の彼氏が半グレで、『俺の女に手を出したな』と脅してきたんで事務所の社長に相談したら、社長が金を持って一緒に謝りに行ってくれ、『こいつはうちの宝なんです』と土下座した。

それで半グレ彼氏も許してくれ、土下座までしてくれた社長にA男も恩義を感じ、何でもいうこと聞くようになったとか。でもそれからしばらくして、別の現場で会ったB男がA男と完全に同じ話をしたんです。

さらに別の所で会ったC男も、さらにD男も……途中で気づきました。

ヤル美に文字通りハメられた男って全員、ぼくもいる事務所の所属なんです。そう、もうおわかりですね。社長と半グレとヤル美はグル。

所属タレントに恩を売りたい社長のお芝居。社長が黒幕なんです」

しかし珍介、自分も脅されるかと待ち構えていたのに、半年過ぎても何事もないそうです。

「なんだか寂しいような。社長が、『こいつはうちの宝』と土下座してくれる姿も見たかったのに。ぼくイマイチ売れてないから、社長も土下座したくないのかも。

あと、ぼくはどんなにアソコが臭くても舐め回します。ヤル美すっげぇ臭かったけど舐め回してあげたから、見逃してくれたかな。きっと成績も、4は付けてくれてるはず」

51発目●得と特

「得と特だよ〜」

と、その日初めて仕事をすることになったスタッフのスーさん（あまりにも適当な仮名）は、ロケバスの中でいい切りました。

例によって、初めて会う人とはとりあえずエロ話をして親しくなろうとする私は、

「スーさん、風俗は行くの」

と会話を始めてみたのですが。

「最初からガッツリ、本番ができるとわかりきってる店より、本番禁止となってる店が好きですね。もしかしたらできるかも、口コミやネットではヤレるとなってるけど、と迷いつつ駆け引きしつつ、ヤレたときのうれしさったらないです」

良い子の皆さんは、禁止されているところではダメ絶対、ですよ。

と注意喚起してるのに、こういうことをいう男って結構いるんですわ。嘆かわしいことです。大衆の読者にはいない、と信じてますよ。

「逆にエロい店じゃなく、たまに行く高級店では、お姉さんの胸の谷間がのぞいただけで興奮しますね。高級店だから、おさわりなんて絶対できないし、お姉さんも気取ってる。だからこその興奮」

妙に共感するところはありました。私も、最初から官能小説、ポルノ映画、AVとして作られている作品のエロ場面より、普通の小説や映画やドラマに出てくるエロ場面に、大いに興奮する性質なのです。

エロを主題にしていない作品にエロい場面があると、二度おいしさが味わえる気がします。

その解答が、冒頭のスーさんのお言葉、得と特、なのでした。

「期待していなかったところにエロが出てくる、できないはずの人とできたら、お得感があるでしょ。

あと志麻子さんのように、普通の作品のエロ場面に興奮するってのは、自分は特別だという思いを満たされるからです。自分はエロ作品ではない、普通の作品からもエロを感じ取れる特別な人なのだと」

この話を、ヤリチンと評判の社長にいったら、こう答えられました。

「ぼくの場合は得でも特でもなく、徳でしょうね」

ちなみに社長の戦法は、どうか先っぽだけでもお願いしますと、ひたすら土下座しまくり、女を苦笑とともに根負けさせることです。

キモイ奴といわれず可愛い人といわれてヤレるあたり、やっぱり徳があるんでしょうかね。

52発目●エロとホラーの関係

前回、「モロに風俗店ではないけれど、なんとなくエロい空気がなくはない店でずばりエロいことがヤレたら、とってもお得感がある」というような話を書きました。

それを先日、ときおり仕事で会うヘアメイクの男性に話したところ、

「ぼくはその逆というか、とっても怖い目に遭いましたよ」

といい出したのです。彼はイケメンでモテますが、かなり真面目で奥さん一筋という、私の交友関係では珍しいタイプの人です。

「奥さんと新婚旅行で、東南アジアの某国に旅行したんです。奥さんがエステ受けたいといい出して、そこは女性専用だったから、ぼくは隣のマッサージ店に入りました。

もちろん、まったく普通の店だと思いましたよ。普通、新婚旅行でエロい店なんか入りません。

マッサージのお姉さんもごく普通の感じで、とりあえずパンツ一枚でうつ伏せになったら、ちゃんと上手にマッサージしてくれました。

ところがしばらくして仰向けになれといわれて、いう通りにしたら突然ガバッとまたがられたんです。

でもって、手で変なエッチなジェスチャーするんですよ。何か握る手つきで上下に振りながら、

『フィニッシュほしいか！　だったら、にまんえーん！』

もはや、声も顔つきも別人になってたんです。ぼくがあまりにびっくりしてたからかもしれないけど、まさに鬼の形相、野太い声に豹変。

あっ、ここは風俗店だったんだと気づいても、どうしていいかわかんなくて、ノーサンキューと叫びなが

ら、お金を置いて逃げました」

さてその夜、怖いことはあっても新婚さんは、甘いひとときを過ごすはずでした。

「いちゃついてるときは、色っぽい顔で甘い声を出していた奥さんが、いよいよというときに突然グワアッと低いうめき声をあげました。

そして白目むいて、『にまんえーん！』と叫んだんです。

もう、ホラー映画ですよ。顔つきも声も別人になってて、そう、さっきのマッサージの女が乗り移ったかのように……」

エロ話だと思って聞いてたら、ホラー話だった。というのは、あまりお得感はありません。逆にホラー話だと思って聞いてたら、けっこうなエロ話だった、というのは、なかなかお得感もあるんですけどね。

53発目●頑張り屋のヤリマン

もう令和も五年目か〜と、昭和生まれの私はしみじみしますが。

令和になってからまだ、すっげぇヤリマンには会えていません。

平成時代を振り返れば、最大級のヤリマンはヤリエ（もちろん仮名）でした。彼女はあるスポーツチームのファンで、試合を応援に行くだけでなく、地方の遠征も追っかけ、選手との合コンにも参加してました。

ヤリエは特にX選手を好きで、なんとしてでもX選手とヤリたいと熱く語ってくれました。

そしてヤリエ、若手から監督まで、X選手を除くすべてのメンバーとヤッたのです。そういえば私の仲良しのタレント玉太郎（適当すぎる仮名）と飲んでいる場にヤリエを呼び、先に帰ったら、なんとヤリエは玉太郎ともヤッていたのでした。

そんなヤリヤリなのに肝心のX選手とだけヤレなかったのは、X選手もヤリエのヤリヤリの噂に警戒心を持っていたのもあるかもですが。

玉太郎とヤッた直後くらいに、スポーツ新聞に有名監督と若手選手と二股かけている女がいる、と記事にされてしまったからです。

後ろ姿でも、知り合いが見ればヤリエとわかる写真も撮られていました。実際は二股どころではなく、二十股も超えていたんですけどね。

さすがのヤリエもいろいろ気まずいことになり、わしらと連絡を絶ってどこかに雲隠れしました。

月日は流れ令和になり、先日とある場所でヤリエを知る人に会ったのです。そして平成の謎が、令和になって解明したのでした（こう書けば壮大な物語みたいね）。

その人によると、ヤリエの本当の目的は、俳優のイケ夫（あまりにも適当な仮名）だったのです。

X選手が仲良しと聞き、X選手とヤレばイケ夫に近づけるかもと考えたらしいのです。

ところが芸能界にいる玉太郎とヤレたので、X選手から玉太郎ルートに乗り換えようとしたところで、スポーツ紙に撮られたわけね。

しかし、周りの男をどんどん攻略していくより、たとえばイケ夫の来る店に勤めるとかの方が早いんじゃないかといったら、

「それじゃ、たくさんの男とヤレないもん。ヤリエはイケ夫に近づきたいと言い訳しながら、実はたくさんの男とヤルことが目的だもの」

と返されました。なんか、頑張り屋のヤリマンでしたね。

54発目●エロな血肉

もともとエロ話は大好きでしたが、このように職業とするようになってからは、周りのスケベ有志というかエロい善男善女が、エロ話を寄進してくれるようになりました。

わざわざスマホなどで検索し、

「志麻子さん好みの笑える風俗店がありましたよ」

「たぶん理恵子画伯も大喜びしそうな、エロ体験記を見つけました」

などと教えてくれる人も多く、彼らに対しては素直にその検索能力も才能の一つだと感心するのですが。

たびたびこの連載に登場する、テレビ関係者の汁太（もちろん仮名）って偉大だなぁと、改めて評価し直すことにもなるのでした。

百件の様々な検索結果も、汁太の一つの実体験には敵いません。百人の風俗リポートを読むより、汁太に一分ほどサービス内容を語ってもらう方がためになるのです。

「スタイル抜群の若い美人で、接客態度も最高、そんな嬢ばかりの店は、お金あっても行きません。完璧な嬢だと、こっちはエロい創意工夫もできず、物語を求めることもできず、ぼくはただマグロになってるしかないじゃないですか。

でも荒んだバアサンやメンヘラのブスが出てきたら、この人の過去を知りたい、イカせてみたい、新たな技をここで試してみたいと、ぼくを勤勉にさせ進化させるのです。

この地雷女のおかげでぼくは成長できたと、喜べるのです」

とまあ、このように汁太は人間ができているから、ではなく、彼の経験は非合理、不条理だからです。

つまり、ＡＩに分析や解答ができないのですよ。機械には追い付けない、人間を人間たらしめているエロな血肉があるのです。

「しかしデリの子は夜明けくらいに呼ぶと、疲れててサービスの最中に居眠りする場合が多いんです。

ぼくは怒りませんよ。寝てていいよと、優しく声をかけてあげます」

おっ、やっぱり人間ができているのかと思いきや。

「で、寝ている隙にチン×突っ込んじゃう。気づかないから、本番厳禁となっていても大丈夫です」

↑良い子はダメ、絶対。ていうか、私も途中まで汁太はとってもいい人、と前のめりになってたわ。

けっこう黒いところあり、と修整しておきますが、こういう黒さや人間のスケベさの複雑さも、ＡＩには難しくて解説できないでしょう。

55発目●東陽片岡先生の金言

『週刊大衆』を読むようなスケベ紳士なら、漫画家の東陽片岡先生はきっとご存じのはずです。

その名前に今ひとつピンと来なくても、畳の目を一つ一つ手描きする画風の、哀愁と笑いに満ちたフーゾク探訪記などは、絶対どこかで目にしているはずです。

理恵子画伯も私も、先生の大ファンです。漫画がおもしろいのはいうまでもありませんが、そのお人柄も素晴らしいのでした。

さて先日もお会いしましたが、先生ってば御年六十四歳でありながら、あまりにもお肌がツヤツヤ。

「昨日も、おフーゾクに行ってきたからでよ」

とのこと。そこはお姉さんが五十代以上ばかりだとか。

「チン×は勃たなくても気まずくならないし、代わりにマッサージとかしてくれて、楽しいんです。こっちもギラギラと、おセックスだけを目的にしているんじゃなくて、温かくてスケベな時間を求めているわけですから」

こういうところに、理恵子画伯も私も惹かれるわけです。

「自分が六十になっても七十を超えても、若い女限定という男もいるけれど、そういう人達はおセックスだけが目的でしょう。

自分に釣り合う熟女を楽しむ男こそが、真の女好きです」

含蓄と愛にあふれたお言葉に感心しっぱなしのついでに、ふとここのところ気になっていることを聞いてみました。

私は歌舞伎町に住んでいるのですが、近所のとある公園には店に所属せず、路上に立って自分で客を取る女達がいるんですわ。いつも見かけるのが、落ち着いて気立ての良さげな巨デブと、明らかにメンヘラなんだけどアイドル顔の可愛い子ちゃん。身近な男達に、あなたならどっちを選ぶかと聞いたら、答えは半々に分かれるんですよね。

さて、東陽先生はというと。

「ぼくは前者ですね。後者を選ぶ男は、女慣れしてないんですよ。だってやっぱり、女とつながれてうれしいのは、股間ではなく心。

下半身よりも、上半身のふれあいと会話が欲しいのです」

もっといい話を聞きたければ、四谷三丁目で「秋田ぶるうす」なるスナックのマスターもされているので、ぜひ行ってみてください。

56発目●踏みたい地雷、踏みたくない地雷

『知り合いのアソ子（とことん適当な仮名）は、広義では人材派遣業ですが、要はエロ業界のゴロです。

ときおり思い出したように連絡してきて、それがろくでもない誘いばっかり。たとえば、

「女性も男性も使える風俗店を立ち上げたから、志麻子さんには交通費だけで、指名ナンバーワンの現役芸能人A夫を派遣しますよ」

なんていって、そのA夫の画像も送ってくるんです。確かにイケメン、検索したら本当に芸能事務所に所属し、テレビにも出ていました。

でもアソ子、私と親しい芸能人の玉太郎（これまたいい加減な仮名）にも、誘いをかけてたんです。

「セクシーグラビアで人気だったB子を、激安で紹介できますよ」

ただそのB子、彼氏を刺して逮捕された過去があるのでした。

カッとなれば刃物を振るう女と密室に二人きりは、いくら玉太郎のキンタマがデカくても縮むでしょう。

てなことを二人、行きつけの店で話していたら。居合わせた知り合いの編集者（大衆の人ではありません）が、割り込んできました。

「アソ子、うちにも変な電話してきましたよ。自分がやっている高級風俗店には現役芸能人A夫も、グラビアで人気だったB子も所属している。そして顧客には岩井志麻子や玉太郎がいる、って。つまり自分とこのスタッフと客の双方を、週刊誌に売ろうとしてるわけです」

確かに私と玉太郎は、地雷とわかっているのに踏みに行くようなところはあります。

それは大衆の重鎮である、地雷好きH田さんもおっしゃってます。

「せっかく地雷に生まれて来たんだから、踏んでやらなきゃ可哀想」

いや、わしらは自分でわかってて踏むのはいいんですよ。でも、勝手に他人に担がれて地雷原に放り出されるのは嫌なんです。

踏みたい地雷は踏むけど、踏みたくない地雷は踏みたくないの。

その踏みたくなる気持ちはと問われたら、「おもしろさに負けたから」としかいいようがないわ。

アソ子の誘いには、アソ子の浅い私利私欲が透けているだけで、おもしろさがないのでした。

といいつつ、ふとB子を検索してみたら。顔も乳も整形しすぎて安いビニール製ラブドールみたいになってて、A夫じゃなくB子を呼びたいと、今迷っているところです。

57発目

●愛のバロメーター

いい加減、原稿料の何割かを手渡さなきゃと迷っています。しょっちゅうこの連載に、エロいネタとして登場する一見ダンディーな紳士、その実体はハードゲイのオネエ文化人である千鳥先生（すっかりおなじみの仮名）ですね。

さて私と千鳥先生には、貢ぎ癖という共通点がありました。気に入った男がどんな遠方に居てもせっせと通い、どんな嘘をつかれても浮気されてもお小遣いを与え、欲しがる物はほぼ買ってあげていました。

さて、お気づきでしょうか。「あります」「あげています」と現在形ではなく、「ありました」「あげていました」と過去形なことに。

先日、二人で食事しながらしみじみ過去を振り返ってしまいました。

「お金ってバロメーターですよね。金が惜しいと思うようになったらもう、その男への愛は冷めてる」

「わかるぅ〜。でも、もう一つあるわ。距離ってのもバロメーターよ。かつての志麻子さんも好きな男がいるからと、ベトナムや韓国に毎月のように飛んでたけど。今じゃすっかりめんどくさがって、歌舞伎町から出なくなってるじゃない」

「確かに。燃えてるときはベトナムや韓国が、岡山県くらいの距離感だったんですよ。新幹線に乗ったら三時間ちょい、みたいな。

でも今じゃ、飛行機を何度も乗り継いで三十時間くらい、南極の向こう、てな感覚になってます」

はぁ〜、ため息つくアラ還の二人、ふと今すごい人気のスポーツ選手の話題になりました。ちなみに千鳥先生はタチオネエといわれる、オネエだけど雄々しく入れる側です。

「千鳥先生が尻の穴、私がチン×、仲良く彼をシェアできますね」

「アラ、もしかしたら彼は志麻子さんのお尻の穴に入れたがるかもしれないわよ」

「なんで私はせっかく前の穴があるのに、わざわざ後ろの穴を使わなきゃならないんすか」

本人の意向をまったく無視した話で盛り上がってたんですが、そもそも彼は途方もない大金持ちで、わしらの小遣い程度ではどうにもならないのです。さらに、本当に遠い国に在住してらっしゃるし。

金と距離以前に、ハナからわしらは妄想以外、何もできないのです。

「やっぱり、小金でどうにかなるダメ男をまた探しましょ」

と、手を取り合ったのでした。

58発目●尊いスケベ

以前、取材させてもらった風俗嬢のフー子（適当すぎる仮名）は、北関東のマイルドなヤンキーです。

今は実家に戻って、キャバ嬢やってるんですが。先日、店のトラブルに巻き込まれ、地元の警察署で事情聴取をされたそうです。

「暗い密室で刑事に囲まれて、みたいなのを想像してたのに。大勢が普通に出入りして行き来してる廊下に、ずらっと小さな机と椅子が並んでて、仕切りもなし。

だから聞き耳を立てなくても、他の人達の様子が丸見えの丸聞こえ。

私の隣の席に座ってたのは、風俗店の雇われ店長でした。なんか、無許可で変なとこに隠しカメラを設置した、とかで怒られてるんです。

盗撮用かな、と思ってたら。切々と、こんな言い訳をしてました。

『カメラがないと、五千円札を出しておきながら一万円札を出したといい張る客、ここに高価な腕時計を忘れたから返せとゴネる客、ボーイを殴っておきながら自分が殴られたと騒ぐ客、絶えないんですよ。

ただのスケベだけが来るなら、隠しカメラなんか設置しませんって』

私、思わずその見知らぬ雇われ店長をかばってやりたくなりました。

その通りです。犯罪行為をせず嘘つかず暴れない、ただのスケベは尊いのですっ、てね」

どこにカメラを設置したのかも気になりましたが、フー子もそれは聞き取れなかったそうです。

ちなみにフー子の巻き込まれたトラブルとは、先輩の嬢に惚れた客が結婚する気で家まで建てたのにあっさり断られ、店で大暴れ。フー子も割れた瓶で軽傷を負ったのでした。

「こいつも、ただのスケベでいられなかったんですよね〜」

そういや知り合いの奥様が旦那の浮気を疑って探偵さんを雇い、見事に証拠の動画を押さえたのですが。

それが車の中でハメてるのを、後ろから撮ってしまったのね。旦那の金玉がマヌケに尻の間からポヨポヨ揺れてるのを見た奥様、あまりにアホらしくて、何もかもどうでもよくなってしまったとか。

もし旦那が女に情熱的な甘い言葉をささやきながら、うっとりキスする構図で撮られていたら。

奥様は、恋愛してるつもりの旦那に激怒し、即離婚となったかも。

これまた、ただのスケベである箇所を見られて撮られて、旦那は助かったということですかねぇ。

59発目 ●最強の男

風光明媚な和歌山の町で、応援演説に来られた総理大臣に爆発物を投げた、凶悪さより童貞丸出しの青年が捕まりましたね。

ここでお手柄だったのが、皆様もテレビやネットでご覧になったでしょうが、即座にあの童貞丸出しの青年を取り押さえた地元の漁師のイカすオジ様達でした。

まだ爆発物を持っているかもしれない童貞丸出しの青年に、何の躊躇もなく飛びかかったオジ様達、あまりのカッコよさに、志麻子のアワビは潮を吹きましたよ。

かなり昔から、高知の漁村育ちの理恵子画伯は、「ケンカが最強なのは漁師」と漫画にも描き、公言されてきました。理恵子画伯の正しさも、証明されたのです。

アウトロー界に詳しい編集者も、

「反社の人って勢いでケンカするけど、不摂生してるし体格もそんなよくなかったりで、実は思われてるほど強くない。一番強いのは、漁師町の普通の男。常に命の危険と隣り合わせ、板子一枚下は地獄の実戦で鍛えた精神と体がある」

といってます。私は農民の子孫なんで、持久力と忍耐力はありますが、それゆえ瞬時に戦えないのでした。

「巨大な魚と荒れた海。危なければ危ないほど、考えないで飛びかかるのが漁師の条件反射」

理恵子画伯も和歌山の漁師に、改めてエールを送っておられます。

さて、私は二十年くらい歌舞伎町に住んでまして、近所にはいわゆる立ちんぼが集う路地があります。

そこを通りかかると、立ってる女に男がいきなり「いくら」と聞き、「イチゴ！（註・一万五千円）」と即答してます。その横では、女の子からオッサンを「おカネちょうだーい」と誘ってる。

あまりの即物性というのか、単純明快といえばそうなんですが。

許可を得て商売している店などでは、風俗であるとわかっていても、もう少しなんというか、もったいぶったやり取り、疑似恋愛みたいな空気感があるじゃないですか。そういうのすっ飛ばして、ただヤる。

うーむ、これは漁師さん達の、迷わず危険に飛びかかる姿勢とは似て非なるものです。後者は、獲物と海をナメてかかっているだけです。

あの童貞丸出しの青年もまた、民主主義とは何か考えてみろ、という以前に、まずは海と海の男をナメてかかってましたね。

運がいいだけ？

私は特に潔癖症ってこともなく全般的に雑ですが、新型肺炎にはかかったことがありません。たまたま運がいいだけで、逃れているのです。

しかし自宅待機や自粛生活を余儀なくされたことで変化した行動、考え方、いろいろあり、その一つにネットの動画をよく観るようになった、というのがあります。

生活全般はほぼ元通りになってきてますが、動画を観るのは×ナニーのような習慣になりました。

先日、何気なく見始めて止まらなくなったアメリカのドキュメンタリーに、一般市民が受刑者として刑務所に潜入し、内情を調査するというのがありました。興味があれば60デイズ・イン刑務所で検索を。

罪と罰、受刑者の生い立ち、待遇の改善、いろんな角度から考察できますが、やはり日本のエロの識者である私としては、その専門分野からの感想を述べましょう。字数の関係で全員には触れられないので、特筆したいとこだけね。

男は①紳士で教師だが協調性がなく、場の空気を読めないタイプ。②体格から顔から性格から、すべてがアメリカンヒーローものの主人公みたいな元海兵隊員。③気弱でまだすべてが子どもの、ママ大好き黒人青年。④デブで小心者で、ずっといじめられっ子だった警備員。ここでもいじめられ、数日で棄権。

女は⑤容姿から内面から言動からあらゆるものが薄いが、最も普通の人といえる若い主婦。⑥伝説の黒人ボクサーの娘だが、巨体に似合わず中身は軽い福祉士。⑦レズビアンの男役で、とにかく硬派な警官。

①は周りが怖いのに強がってそれをいえず、わざと違反して独房に入るのです。私は刑務所に入るにあたって何が一番つらいかといえば、自由にオ×ニーができないことなので、彼の言動にイラつきましたが、同

じ行動をとるような気がします。

男で抱かれたいと願うのは②ですが、私が入るのは女子刑務所。女の中で一番可愛いのは⑤ですが、私がここに入ったら最も男に見える⑦に接近するでしょう。それを考えると、私ってとことん男好きで、同性愛の傾向はないのだとわかりますね。

しかし真っ先にオナ×ーしたいからわざと懲罰くらって独房と考えるあたり、新型肺炎にかからないのと同じで、たまたま運がいいだけで捕まらないのかと思われそうなので、そこは違うといっておきます。

61発目●エロ？　ホラー？


さて、私はエロ話ができるだけで、理恵子画伯にも気に入られ、『週刊大衆』に連載まで持てたと思われていますが、ちょっと違います。

何を隠そう、ホラーの分野でもそこそこ実績はあるのです。エロとホラー、どちらが好きかと問われれば即答もできず、じっくり一日かけて熟考してもわからないままですが。

セックスとオナニー、今後どちらか一生できなくなるなら、と問われたら、質問が終わらないうちにセックスは要らない、と叫びます。

しかしこの世には、エロホラーなる二倍美味しい話もあるのですよ。

こちらは以前にも書いた話ですが、イケメンのヘアメイクさんが彼女と某国を旅行し、間違えてエロい店に入ったら嬢に大金を要求され、逃げたはいいけど彼女にさっきの嬢の生霊が乗り移ったか、白目むいて襲いかかってきた……みたいな、エロ話と思って聞いていたらホラーだった、というパターンもあり。

逆に可愛いホステスさんが、客の生霊に襲われたと話し出したので、ホラーと思って聞いていたら、「そいつってば生霊まで童貞で、どこに突っ込んでいいかわからなくて延々と腿やお腹をこすって、入れられないんです」という、エロ話で落とされたパターンもあります。

そして私が体験したこれは、エロかと思えばホラー、ホラーのようでエロ、どちらなんでしょうか。

ときおり所属事務所やテレビ局宛てに手紙など送って下さる人達がいるのですが、変な物が入っている可能性もあるので、先に担当者が開封し、あんまりな物は私に黙って処分しているようです。

が、朝マラ（適当な仮名）と名乗るオッサンのそれは、担当者もおもしろがって渡してくれました。何十枚も、鉛筆で自分のチン×をデッサンしているのです。ずばり粗チン。

ゆえに本当にリアルに描いたのだろうと、そこは感心していました。

ところが先日、実話系と銘打った怪談のアンソロジー集を出してもらったのですが、岩井の作品は実話ではないだろう、創作だろう、と某通販サイトに朝マラが、激烈に私を攻撃する書評を書き込んだのです。

なるほど、ホラーでもエロでも、実話と思ってたのにそうじゃなかった、と怒る一派もいるのですね。

朝マラよ、あのホラーは確かに軽く脚色してるけど、実話を元にしてるの。あんたのエロ絵と同じく。

62発目●エロの言語化

私はエロ話だけで生計を立てているのではなく、ホラー関係でもそれなりの仕事はしております。

なのでエロ話の分野とホラーの分野で、ファンも分かれています。

エロ派の熱心なファンの青年Aは下ネタが大好きで、よく私の下品なイベントに参加してくれてました。

だから私もちょっと特別扱いというか、一緒に飲んだりスマホの設定などもしてもらってたんです。

というのも、彼がすっげぇ豊富なエロ体験をしていて、ここの連載の一年分が一時間で書けてしまうくらいの抱腹絶倒のエロ話をしてくれる、と期待したからです。

ところが彼のエロ話は全部「今ツイッターでバズってる下ネタ」「この風俗店が話題らしい」といった、要はネット検索で出てくる第三者の情報ばかりなのでした。あとは童貞の中学生が思いつくような可愛いエロダジャレなんかで、とにかく本人の生々しい体験談が皆無。

これを期待外れとがっかりするのではなく、だんだん心配になってきたのです。もしや青年Aはガチ童貞で、だったらそんな純情な子を下手にイジるのはよくないかと。

実際、話していると彼の真面目さ堅実さばかりが心に残り、私の周りにいる真のヤリヤリのドスケベどもとは人種が違うのでした。

という話をホラー分野の仲間にしたら、こんなふうにいわれました。

「ぼくら怪奇体験をした人達によく取材してますが、とんでもない強烈な体験をしているのに、本人はちょっと違和感のあった日常の話、くらいに思い込んでいる場合もあるんです。あと年少者なんかだと、体験をうまく言語化できない」

なるほど。

青年Aも実は強烈エロ体験をしてるのに、話すほどでもないと思い込んでる可能性もありか。

「逆に、それこそちょっとした日常の一コマが、語り手の話術の超絶技巧さで、大ドラマチックな話に聞こえてしまうこともあります」

私の場合、周りが内容は何であれトーク能力の優れた人ばかりで、考えてみたらみなさん芸能人や水商売、マスコミ関係者達。いわば、おもしろ話のプロ達ですよ。

彼らと真面目な会社員を、一緒にはできませんが。特殊な人達の特殊な体験だけでなく、一般人の普通の下ネタも混ぜた方が、当欄も後世の人達にとって、時代を知るエロ資料としての価値は高まるでしょう。

63発目●突撃取材

『週刊大衆』ではない、もう少し上品な週刊誌……といえば、我が国のほぼすべての週刊誌が当てはまってしまうのですが、そこのところは深く突っ込まないでください。

ともあれ大衆ではない、某週刊誌の若い男性編集者と、近所の店で打ち合わせをしておりました。私もたまには、普通の週刊誌で普通の仕事もしているのです。

それはさておき。打ち合わせが一通り終わると、なんだかしょんぼりした様子で、以下のような告白をしてくれました。決して、私がエロ話をしろとセクハラ、パワハラしたわけではありませんからね。

「ある有名男性が、尻穴の開発では名高いM性感の店にハマって、通い倒しているとの情報がもたらされ、編集長から厳命が下ったのです。

店と、そこで有名男性が指名している嬢もわかっているから、お前が体を張って潜入取材しろ、と」

もちろん彼は身分と意図こそ隠し偽ったものの、嬢の前で前も後ろもさらけ出したのでしたが。

「嬢に優しく言葉攻めされ、いろいろ質問され、ウッと言葉に詰まってしまったんです。

ＩＴ企業勤務とか二年前に結婚したとか、そういう適当な嘘の経歴は作ってあったんですが、『いかにして自分はMに目覚めたか』なんてのは全っ然、考えてなかった。

それを尻の穴にではないけれどガンガン突っ込まれたとき、ぼくはアドリブきかない上に、元々がそれほどのMじゃないから、しどろもどろになっちゃって」

プロの人気嬢は、「あら緊張してるのね」なんて、優しくフォローもしてくれたそうですが。

「でも、実際に尻の穴に指を入れられたときは、本当にMじゃないのが完全にバレてしまいましたよ。

嬢はベテランだから痛くはしないんですが、なんというかすごい圧迫感、内臓を突き上げられるような感じで、思わずオエッとえずいてしまい、涙目になりました」

彼曰く、尻は童貞というか処女で、あんなにズッポシと指を入れられたのは初めてだったとか。

「この場合、ぼくの尻の童貞、処女を奪ったのはあの嬢ではなく、編集長だと思いますっ」

彼にはいろいろと同情しましたが、しかし『週刊大衆』だったら、「編集長にセクハラされた」というのは通用しないと思いますね。

64発目

●敗北で得るもの

「勝った試合からは何も学ぶことはないが、負けた試合からは多くを学べる」という名言があります。

私はこれを、周りの男どもからエロ話を聞くたび、当人達以上に噛みしめています。

若い気立てのいいセクシー美人と、素敵なエロいことをした。

こんなの当人は気持ちよかったかもしれませんが、私としては一行も書く気にはなれません。

先日も親しい編集者Sくんに、こんな話を手土産にもらいました。

「ある地方都市へ出張に行ったとき、泊まっているホテルにデリヘルを呼んだんです。

呼び鈴が鳴ってドアを細目に開けたら、いきなりコワモテの男が立ってました。女は背後にいるから、先に料金を払えというんです。

払わなきゃ女はこのまま返すっていうから、あせって払いました。

そしたら男がさっとよけて、後ろからドーンと大砲の弾みたいに女が部屋に転がり込んできたんです。その数秒間で、もう脱いでました」

理恵子画伯の漫画にも、そういうのありましたよね。

こういう場合、女が男の部屋で脱いでいたら、もうプレイは始まったと見なされ、キャンセル、チェンジはできなくなるんです。

「えーっと、そこには見ようによっては可愛い、カバがいました」

とりあえず、カバ子と名付けておきます。つまりカバ子は、店側も本人も最初から客にチェンジされるのを想定していたわけですね。

Sくんは途方にくれましたが、金払ったから無理やりにでもヤル、とはならず、といって帰れというのも可哀想になり、ベッドに並んで座り、そのときやっていたドラマを二人で観たそうです。

Sくん、今もそのドラマに出ていた俳優を見ると、カバ子は元気かなと思い出すんだとか。

これですよ、これ。Sくんが何を学んだかはさておき、普通に美人が来てそれなりのプレイをしていたら、彼はわざわざ私にこんないい話を語らなかったはずです。

となればここで原稿になることも、理恵子画伯が描くこともなく、誰にも知られず、すべては散って埋もれていったことでしょう。

Sくん、ここではあの名言が活きてきます。「試合で負けて勝負で勝った」。

カバ子は、「試合で勝って勝負に負けた」気もしますけどね。

65発目●待合室の妖精さん

　風俗には大きく店舗型と派遣型とあって、前者だと客達も一緒に待機する待合室がありますよね。そこでの話ってのも、なかなかおもしろいものがあります。某局のスタッフに聞いたのですが、彼がある風俗店に行ったら、待合室に「誰もが知る有名人」がいたそうです。

　仮に山田としましょう。念を押しますが、すべて完全に仮名ですよ。

　その山田さん、順番が来てスタッフに「今田さ〜ん」と呼ばれ、立ち上がって個室に入っていったとか。

「一応は偽名だけど、ほぼ本名に近いじゃないですか。変装もしてたつもりかもだけど、ただ帽子を目深にかぶっていただけ。かなりの人が、気づいてましたもん。もちろん、声かけたりはしませんけどね」

はて。山田さんは完全に開き直り、顔も本名も全開、にまではできなくても、ま、バレてもいいか、くらいの覚悟はしてたんですかね。

　それとも、山田を今田に、そして帽子かぶったくらいで完璧に別人のふりができたつもりで、絶対バレないと思い込むに至ったか。

　ほら、カツラと整形ってバレバレでも、気配りの日本人は面と向かって指摘しないじゃないですか。だから、本人達は気づかれてないと勘違いするんですよね。

　いや、別にカツラも整形も風俗も悪いものではないですが。

てな話を行きつけの飲み屋でしていたら、何度か会ったことのあるオッサンが割り込んできました。

「俺、探してる人がいるの。それは風俗嬢じゃなくて、風俗店の待合室にときおり現れる謎の案内人。

初めて会ったのは、中級ソープAの待合室だった。その日は指名なしのフリーで入ってたんだけど、スッと近づいてきて、『あんたは隣のソープBのC子ちゃんを指名した方がいい』といわれた。

なんか気になって後日その通りにしてみたら、どんぴしゃりのイイ思いができた。それからも、別の店の待合室で遭遇したんだけど、そいつのアドバイスにハズレなし。

風俗系の掲示板の書き込みにもない情報をそいつは握ってて、なぜか顔見ただけで最上のマッチングをしてくれる。しかも無料で。

ただ、そいつは偽名すらわからず、それこそ掲示板で質問をしてみたけど、誰もあいつを知らないんだよ。

まさかあいつ、俺の目だけに見える、待合室の妖精さんなのかな」

吉祥寺の人気肉屋さん
客足の悪い夕ぐれに行ったら
3割引きしたげる
こっそり耳元でささやいてくれたので
肉屋の妖精さんと呼んでいるが
妖精さ〜〜ん
あれからフツーのおっさんになって一度も割引きがない
背中の羽をもがれたのね
天に帰れないエルフなのね

66発目●真相はいかに

アメリカの元警官が、不倫相手の女性を射殺して終身刑になるという事件があったのですが。

その裁判で明らかになった驚きの犯行動機、それが少し前、ネットのニュースになっていました。

別れ話で口論になった際、女性が彼の「あそこのサイズを侮辱して」、激高した彼が彼女の頭めがけ、銃を撃ったのだそうです。

この二人とは何の関係もない私ですが、様々な思いが去来しました。

まず、この元警官は全世界に、チン×が小さいというのを報道されてしまったんですね。

私が彼だったら、チン×小さいと罵られ激高して殺したとしても、取り調べや裁判では本当のことをいいませんよ。てか、いえません。

「安月給と笑われた」なんて嘘ついてでも被害者ぶったり、「彼女を夫の元に帰したくなかった」とか、最後まで悲恋の物語にしようとするでしょうね、変なとこで見栄や恥じらいの発動する私なら。

もっと自分に置き換えたら、男に「お前がガバガバすぎる」と反撃されるのも予測でき、それこそ「それをいっちゃあ、おしまいよ」とますます泥沼にハマるのも怖いですね。

この話を理恵子画伯にしたら、

「一番いっちゃいけないこと、いわなくていいことをいう子っていたよ。結果、相手にボコられてた」

と、しみじみ回想してました。

それにしてもつくづく、チン×が小さいといったから殺された人生って、つらいわ～。

もちろん殺した側が悪いに決まってますが、チン×が小さいといわれて殺した男、といわれ続ける人生も、同じくらいつらいです。

てな話を、仕事の場で会った芸人さんにしてみたら、意外なことをいわれました。

「外国のニュースだから、あまり詳細には報道されてないんですよね。『あそこのサイズを侮辱して』とのことですが、ずばり『小さい』とはどこにも書かれてないでしょ。

もしかしたら彼女は、『あんたのは馬みたいにデカすぎて、苦痛でしかなかったわ！』と罵ったのかもしれませんよ」

その可能性もなくはないとしても、本当に小さいのに、馬みたいと罵られて激高した、と元警官が供述していたとしたら、死人に口なしというやつで、彼女もますます浮かばれなくなりますね。

67発目●風俗に行く理由

　これは決してセクハラやパワハラではなく、『週刊大衆』の連載に必要な取材です、とかいいながら周りの男達に、「なんかいいエロ話ないの」と聞いて回っていましたら。

　以前にも何度か登場してくれたテレビ関係者の亀男（雑な仮名）が、

「嬢の顔を絶対に見てはいけない、という風俗店に行ってきました」

　と報告してくれました。

「案内された薄暗い個室に一人で入り、自分で脱いで自分に手錠をかけ、自分で目隠しして待ちます。そこに嬢が忍び込んできて、あちこちさわってくれます。こちらからは、さわってはダメ。まったく姿の見えない人に予測できないタイミングで握られ、ドキドキしました」

　これ聞いて、事前の準備はすべてセルフサービスなのか、ということにも首を傾げましたが。

「相手の嬢の顔や体がまったく見えないんだったら、タイプなので指名する、というのはないのね」

「いや、見えなくても、不思議と立ち居振る舞いや声で、美人かどうかわかるんですよ。

　ぼくは以前、嬢がみんなメキシコのプロレスラーみたいな覆面かぶってる店に行ったこともあるんですが、目元と口元しか見えなくても、美人はわかりますもん」

　しかしいつ聞いても亀男ってスタンダードな店ではなく、マニアックな店にばかり行っているのでした。

「ぼくは、抜くことが目的ではないからです」

　それを指摘すると、こんな思いがけない答えが返ってきました。

「男ならわかるはずですが、抜いた後に醒める賢者タイムってあるじゃないですか。

ぼくはあれを、一生懸命にサービスしてくれた目の前の女性に向けるのが、とても申し訳ないのです。

抜けないままで店を出ると、家に帰るまでずっとさっきの嬢に対して、むらむらとヤラシイ気持ちを保ち続けることもできるのです」

でも亀男って謙虚ぶりながらも、常にドヤ顔をしているのでした。

「ところで風俗店では、嬢がタイマーをセットするじゃないですか。ぼくは長らくテレビの撮影現場にいるから、時計を見ずに何分経過、あと何分、と時間が読めます。

嬢に『あと一分で鳴るよ』といって、本当に一分後にピピっと鳴ってびっくりさせるのも楽しみで、これも風俗店に行く理由です」

68発目●

目撃情報多数の女

発端は、仲良しのタレント玉太郎（もちろん仮名）の体験談でした。

「かなり昔だけど川崎のソープに行ったら、赤貝万子そっくりな熟女が出てきたんだよ～。勃たなかったら、冷たいタイルに正座させられて、『あんたセンズリかきすぎなのよ！　だから肝心なとき勃たないのよ』と説教された」

この赤貝万子、もちろん完全に仮名ですが、正体は有名女性です。強烈な外見とキャラ、とはいっておきます。ざっくり前期高齢者です。

あるイベントでその話をしたら、有名無名を問わず多くの男が、

「おれも渋谷の店で、赤貝万子そっくりの女に痛い目に遭わされた」

「ぼくも吉原の店で、赤貝万子みたいな地雷を踏みました」

と、わらわら湧いて出たのです。

最近知り合った男性編集者も、

「ぼくも昔、錦糸町のデリヘルで赤貝万子の激似女を寄こされ、迫力に負けてチェンジできなかった」

などと告白してくれました。どんだけいるんだ、赤貝万子みたいな女。そしてすべての風俗店に、赤貝万子に似た女は遍在しているのか。

これを、『週刊大衆』の助平くん（超適当な仮名）に話したら、はたと膝を打つ話を返されました。

「今の流行に乗れず、自分が最もイケてた時代のスタイルそのまんまの人って、少なからずいます。赤貝万子本人もですよね。特にその世代の風俗、お水のネエさん達は、ちりちりソバージュと太い眉に真

っ赤な口紅、大きな肩パッド入りボディコンという、流行遅れのファッションから抜け出せない人も多くいて、赤貝万子に似た女達もそれだったというだけなんですよ」

なるほど、彼らが会ったのは昔の代表的ファッションをしていた熟女というだけで、実は赤貝万子本人に似ていたのではないのね。

たぶんどのホストクラブにもローランドさんそっくりのホストはいるでしょうが、それは元から顔が似ているのではなく、似せようとがんばって寄せた結果ですよね。

ちなみに本物の赤貝万子も風俗嬢だったという噂が流れましたが、とても素敵な旦那さんとおしどり夫婦になっておられます。

風俗店にいた「赤貝万子に似ている女」は、だいたいが地雷なのは男達にも災難でしたが。

無関係な赤貝万子本人にとっても、気の毒な話ではあります。

69発目●アソコの宝物

よく私のイベントやファンツアーなどに来てくれる、熱心なファンがいて、仮に青年Aとします。

彼とツアーで宿泊を共にした男性によれば、「かなりいいモノをお持ちだった」そうです。

しかし青年Aはあまりにも純情で真面目で、ほぼ童貞と噂されています。となればさすがの私も、うかつに手は出せないんですわ。

彼がもっとチャラいヤリチンなら、ちゃちゃっとハメてここでネタにしているんですけどね。

という話を本物のヤリチンの友達にしてみたら、「宝の持ち腐れだな」などと笑いました。

そのときは私もうなずきましたが、後から首を傾げたくなったのです。

惜しみなく多くの女とハメてこそ、宝物として称えられ、輝くのか。頼めば誰にでも必ずハメてくれてこその、いいモノなのか。

いや、彼に選び抜かれた女しかハメてもらえない希少品である方が、宝物の名にふさわしいのか。

そもそも宝物とは、無闇に人に見せたりさわらせたり使ったりするものではありませんよね。

個人の宝物でも、大切に部屋に飾られたり、鍵がかかる場所に保管するものです。文化財、国宝級ともなれば、普段は厳重に美術館や博物館などに仕舞い込まれ、展示するときは盗まれないよう傷つけられないよう、厳戒態勢となります。

とはいうものの、見方を変えればそんな名実ともに本物の宝物は国のもの、人類すべての財産として扱われるようにもなるのでした。

モナリザの絵なんかも、ルーブル美術館に行かなきゃ観られないフランスの国有財産だけど、誰でもルーブル美術館に行きさえすれば観られる、公共のものでもあるのです。

　という見解を、今度はヤリマンの友達にしてみたら。

「この世には、ほぼ使われていない名器ってのもたくさんあるんだろうな。夫しか男を知らない女ですごい名器だったら、これは本当に夫は、宝物を独占できたことになるね。

　でも名器の処女ってのも、いると思う。この場合、本人が宝物を所有しているのに気づいてない」

　となると宝物は、ないも同然。あるけど、ない。ないけど、ある。なんだか、哲学か禅問答みたいになってきましたね。

　私が今祈るのは、青年Aが名器の処女と巡り会えることです。

70発目●勝利宣言？

先日、初めて仕事で会った芸人の青筋さん（あまりにも適当な仮名）は、なんとなく貧乏神とか疫病神を思わせる見た目で、いわゆるイケメンとはいい難い男性です。

しかし青筋さんはそこそこ売れっ子だし、なんといってもおもしろいので、けっこうモテてます。風俗にも行きまくってるそうだし。

そんな青筋さんの親友は、誰もが知るイケメン俳優の黒光さん（さらに適当すぎる仮名）。

それを知る女達からも、「黒光さんに会わせて」といったアプローチも、よくされているとか。

黒光さんはモテモテのはずなのに、奥さん一筋なのは有名です。エロ絡みのスキャンダルって、ほぼ聞いたことがありません。

「黒光は心底から演劇が好きでね、でも役者よりも演出や脚本といった裏方をやりたかったの。それがなまじ顔が良いもんだから、テレビや映画に誘われて、今みたいになってるだけ。性格も元々、地味なんだよ。だけど、そもそもイケメンが芸能人とかアナウンサーとか、顔出しする職業に就こうとするのはなんでなんだろうかと思うよ。

だって有名になったら常にマスコミに狙われるし、何かあったら書き立てられて、うかうか浮気どころか風俗にだって行けやしない。

無名のイケメン、これが最強だよ。リスクなしにモテるんだから。風俗も、気がねなく行けるし。俺、イケメンだったら会社員やってるね。

ともあれ、俺みたいなブサメンこそが、顔出しの職業に就くべき。ブサメンでも有名になれたらモテるし、風俗に行ってもちょっと浮気しても、笑い話で済むもん」

なぜかそんなことを力説する青筋さん、実は黒光さんとの友情のためにも風俗に通っているんだ、などといい出しました。

「黒光は絶対、風俗には行けないじゃん。奥さんにばれたら、週刊誌に撮られたら、って心配もあるけど、相手の嬢がいいふらすし、ネットに書きまくるに決まってるもん。

だから俺が代わりに行って来て、『こんな嬢とこんなプレイした』って詳しく報告してやれば、大喜び。

いいなあ、俺は青筋になって風俗に行きてー、とため息ついてる。

こんなイケメンの人気俳優が叶えられない夢を、俺は叶えられてるんだなぁと、勝った気にもなれる」

こんな勝手な勝利宣言、ありか。

西原理恵子×岩井志麻子

暴走ガールズトーク 後編

まだまだ続くお下品女子会。話題は昭和の"エロ遺産"から、若さの秘訣にまで壮大に広がり……。まさかのダーリンも乱入!?

サイバラ&志麻子も衝撃！芸能人「流出ビデオ」の怪

岩井　しかし、私らの育った昭和と今とじゃエロってものもすごく変わったわよね。そもそもエロ本自体が昭和の文化だもんな。

西原　昭和は、まずエロ本を手に入れるのに一苦労があった。本屋のオジさんに見られながら買ったり、河原に拾いに行ったり。

岩井　それが今の子どもたちは一瞬で、パソコンでチョイチョイってしただけで、無修正のどエライもんにたどり着けちゃう。

ワシらがどんだけ苦労したと思っとるんじゃって話よ。

西原　当時は無修正の裏ビデオだって、観るのも楽じゃなかった。友だちの親が隠しているのを、見つけてこっそり観たりとか。

岩井　裏ビデオといえば芸能人の流出ビデオ、なんて怪しいのもあったわよね。

西原　あったあった！　私、男性歌手のMの流出ビデオって触れ込みの作品を観たことある。Mらしき男がだれかとヤッているだけのビデオで、似てるといえば似てるってくらいの代物（笑）。

岩井　そういうので言ったら、私は女優Ｉの本番ビデオってのを観たわ。これは限りなく本物の可能性が高いって言われてたのよね。

西原　あの巨乳で知られるＩさん！

岩井　そうなのよ。このビデオは忘れられんわ。なんちゅうか真の巨乳ってのを、ここで私は知ったというか。

西原　真の巨乳（笑）！

岩井　ほら、谷間っちゅうのは、寄せて上げれば作れるじゃない。でもね、ホンマもんの巨乳は下乳がしっかりとあるのよ。

西原　なるほど！

岩井　それでな、その女優Ｉと言われる女がヤッとるシーンが大迫力でな。

もう、なんというかエンジン音が聞こえるんよ。ドルンドルン、バルンバルンみたいな。

西原　それも、そのエンジン音が有名女優のものだと思うと、またタマらない。

岩井　そうなんよ。

令和のベストセラーを生んだ!? 昭和のエロス「パンプレ文字」

西原　なんというか、昔はエロにも夢があったよね。

岩井　真偽は定かではないんだけど、想像の余地があるというかね。

そういう意味では、今、実話怪談やフェイクドキュメンタリーというのが流行っているのも、そういう想像の余地をみんな求めているからかもしれないわね。

西原　確かにそうかも。

岩井　そう言えば、最近話題のフェイクドキュメンタリーホラーで『近畿地方のある場所について』（KADOKAWA）という本があるんだけど、それの作者の背筋くんは私のファンで、『ぼっけえ、きょうてえ』（KADOKAWA）を読んでホラーを書こうと思ったって言うのよ。

西原　おおー！　素晴らしい（パチパチと拍手）。

岩井　その背筋くんが言ってたんだけど、私がなにかで話した「パンプレ文字」というのがスゴく心に残っているんだって。

西原　パンプレ文字って？

岩井　エロ本のプレゼントコーナーで、モデルの着用済みのパンティとかのプレゼントってあるじゃない。

西原　うんうん、あるね。

岩井　そこに応募されてきたハガキに「ぱんつい、くだちい」「パンモーしなキい」みたいに日本語なのに日本語ではないような文章が書かれたものが届くんだって。

エロ本業界では、そこに書かれているものをパンプレ文字と言うのよ。

西原　へえー、勉強になる。

岩井　背筋くんの本の冒頭には、その話が元になったエピソードが出てくるの。だからある意味、私のパンプレ文字の話は令和のベストセラーを生んだのよ。

年齢も様々な〝女体図鑑〟『人妻エロス』に感じる若さ

西原　昔は字が読めない、書けないような方ってそこかしこにいたじゃない。

それで便所には覗き穴がボコボコあいていて、これまた読めないような文字で落書きがいっぱい書いてあって。今はそういう人やものが目に入らない時代だね。

岩井　世の中には、お上品な人しかいません、みたいな感じになっとるわね。

西原　エロも下品もどんどん隅っこに追いやって。

岩井　そら、少子化にもなるわってことよ。

西原　セックスがいかがわしいものになっちゃってるんだもん。

岩井　とは言ってもエロってホンマはみんな興味があるし大好きなんよな。

西原　そりゃそうだ。

岩井　週刊大衆には80代の読者からもAVプレゼントの応募があるって言うし。

西原　女性の方で言えば、これも週刊大衆の人気連載の「人妻エロス」にも、かなーりお年を召したモデルさんが出てるよね。
それを私の息子が見て〝怖いよ、お母さん〟ってしくしく泣いちゃったことあるんだから。
岩井 あれはスゴいよな。さまざまな年齢の女性の女体図鑑みたいなものだもん。
でも、出演しているみなさん、ちゃんと色気があってオンナなんよな。そういう意味ではエロって人間をいつまでも若くいさせてくれるものなんだと思うわ。
西原 エロを一生の趣味にするのって絶対に良いよね。
岩井 実際、私がまさにそうよ。生涯をかけて極めていきたいと思うわ（笑）。そして、ゆくゆくは（瀬戸内）寂聴さんがいた席に座る、と。
西原 それまでこの週刊大衆の連載を続けましょう！
岩井 あと20年は頑張りたいわね。

高須克弥院長から着信も……怖くて泣いちゃう!?

西原 日本中がエロと下品を取り戻したら、きっと少子化も不景気も解消すると思う。
岩井 エロと下品が日本を救う！
――ここで西原先生の携帯電話にテレビ電話が着信！
西原 あ、克弥（※高須クリニック・高須克弥院長）だ。うん、そう、今お仕事中。
岩井 どうも、かっちゃん先生。ご無沙汰しております！
西原 （電話の向こうの高須院長に）今ね、志麻子ちゃんと対談してるの。うん、また泣いちゃいそうな話。

岩井　な、泣くってなんじゃいな⁉

西原　克弥はね、志麻子ちゃんとした話をすると、いつも怖くて泣いちゃうのよ、あまりにも下品すぎて。

岩井　アハハハハ。（電話の向こうの高須院長に）志麻子は相変わらず下品でございますわよ。

西原　また枕元で教えてあげるね。

――高須院長が苦笑いししつつ電話終了。

西原　この間も、週刊大衆の連載で克弥を描いた絵の股間に〝昔宝〟って描いて見せたら、辛そうな顔してしょんぼりしちゃったの。

岩井　かっちゃん先生の亀の頭がむせび泣き、ということかしら。

西原　志麻子ちゃん、そんな下品なこと言ったら、克弥がまた泣いちゃう。

71発目●金玉の取り扱い

忘れてる方も多いでしょうが以前、テレビ局勤務の亀男（適当すぎる仮名）が「金玉なめに特化した店」に通っていた話を書きました。

残念ながらその「おいなりさん」なる店は閉店してしまったのですが、亀男によると別の町でリニューアルオープンしたとか。

「えっ、店名は変わらないの」

何気に聞いたら律儀な亀男は、

「金の玉クラブでした」

とわざわざ検索して知らせてくれたのに、ちょうど別の話題に夢中だった私は、わざとじゃなく結果として既読スルーしてしまったのね。

「エロ話を既読スルーされるのは、猛烈に恥ずかしいです」

そんな抗議を受けたので、亀男ごめんとここでお詫びしておきます。

それだけではアレなので、金玉つながりの新たな話を書きますね。

先日、ある地下アイドルのライブに行ったんですが。そこに雑な女装オッサンがいたんです。オモチャみたいなカツラ、適当なピンクのブラジャーとデニムのショートパンツ。化粧も慣れてないのが丸わかり。

いや、私は女装に嫌悪感なんかないし、人様の趣味嗜好性癖に文句つける気もありませんが。

そのオッサンは明らかに、「女を油断させて近づくためだけ」の女装をしていたのね。

だってそのオッサン、会場には男も女もいたのに、女にばかりすり寄り、体をさわってたんです。これは女としては、許せない女装です。

さらにオッサン、露出を楽しんでもいました。だって金玉が思い切り、裾からはみ出てたんですから。

私にも近づいてきましたが、とことんガン無視してやりました。

こういう変態の風上にも置けないヤカラに比べれば、ちゃんとお金を払って密室でプロのお姉さんにしか金玉を見せない亀男は、なんて立派なスケベでしょうか。

立派なスケベといえば、これまたこの連載の準レギュラーと化している一見ダンディーな紳士、その実体はハードゲイのオネエ千鳥先生（もちろん仮名）。

「こないだ死にかけたのよぉ〜アタシ。金玉がすごく大きな相手とシックスナインしてて、玉袋がペターンと顔に貼り付いてね、苦しさにもがいてるのに、相手は喜びに悶えていると勘違いしちゃってぇ」

何にしても、金玉の取り扱いには注意を払って楽しみましょう。

金玉と言えば
村西とおる
監督
世界一
金玉裏と
ケツの
穴を
見られた
漢
前科七犯
借金
50億円
落ち込んだら
私を思い出し
てくださいまし
世界一の
金玉漢で
ある

72発目●モテる男

人類共通の夢といえば、核廃絶や不老長寿をさしおいて、モテたい！　ではないでしょうか。異論、反論は認めます。

しかしこのところ私はめっきり枯れ、モテたい願いも薄れ、周りのモテる人やモテない人を観察しておもしろがるフェーズに入っています。

さて先日、モテることでは知られた男に久しぶりに会いました。適当すぎる仮名で、ヤリ夫とします。

ヤリ夫はギラギラではなく飄々としたタイプなんですが、同じ日に女三人くらいとへっちゃらで約束しちゃったりするんですよ。

そしてヤリ夫、どの女ともきっちり約束通りに会ってヤッてます。

「俺、モテてる自覚なんかないよ。むしろ自分はモテないと思ってる。

一日に女三人と約束したりするのは、自信がないからだよ。一人にスッポかされるかもしれない。二人に逃げられるかもしれない。でも一人くらいは残ってくれるだろうって。

結果として三人を相手にすることになるんだけど、俺って真面目だから全員とヤる。だって俺の誘いに応えてくれた相手だよ」

淡々とこんなふうにいわれると、なんだかヤリ夫って実は真面目なのかも、と思えてくるんですよね。

ちなみにヤリ夫は離婚歴が三度あるんですが、これも「交際したら必ず結婚する真面目さゆえ」だそう。

それはさておき、女達が鉢合わせしないのかと聞きましたら。

「女と会ってるとき別の女がやってきたら、双方に『あれは妹』というよ。さらに『今、妹とはカネのことで揉めてるの』といえば、面倒なことに関わりたくない、となる。

　志麻子さんも、もし男二人がバッティングしたら、『あれは弟よ。今、カネのことでケンカしてるの』といいなよ。異性と金でトラブる人ってドン引かれるけど、その相手が身内と聞けば、自分には関係ないと、ただ引き下がってくれるから」

　ものすごく有益なアドバイスをもらったような、まったく役に立たない冗談をいわれたような。

　ちなみに先日、理恵子画伯と歌舞伎町のホストクラブに行ったんですが、どういうホストが人気出るのと聞いたら、この道三十年のベテラン光司くんが即答してくれました。

「甘えん坊の暴れん坊です」

　一般社会のモテとホストのモテはまた違うとしても、何かの参考になさってください。

73発目●写真詐欺

マッチングアプリをしてる人、風俗を利用する人は必ず「写真と別人が来た」という話をしますね。

何も令和の世になってから始まったことじゃなく、昭和の昔から風俗店の嬢の写真も、本人とは別人みたいというのはお約束でしたが。

スマホも加工技術もなき昔は、いわゆる奇跡の一枚、あるいは堂々と芸能人の写真など使っていました。

しかし利益を求める水商売や風俗の子、より良い出会いを求めてのマッチングアプリの人が加工するのは、まぁ百歩譲りますが。

昨今、政治家までがそれやるのって、どうよ。選挙ポスターでは女優みたいなスレンダー美人なのに、街頭演説しているのは悪役女子プロレスラーみたいだったり。宣伝カーで手を振っているのは六十代の候補者なのに、その車体に貼られた写真は三十代にしか見えなかったり。

これじゃ立派な公約も、疑われますよ。公約についての追及には答えられても、ポスターと違う、との突っ込みには答えられなかったら、政治家としての資質も問われますね。

てな話をしていたら、自身を盛りまくるのと、別人の写真を使うのは違う、という流れになりました。

「どんな加工でも、元は自分、ていうのは、いわば誇大広告。

だけどまったく別人の写真ってのは、これは完全に詐欺」

「でも後者ははっきり、商売という意図があるし、ここはこういう世界ですよ、といった誉められたもんじゃなくてもプロの自覚もある。

俺はむしろ前者の無自覚な勘違いや、自惚れの図々しさに腹が立つ」

そこに割り込んできたのが、学生時代から風俗好きだったタレントの玉太郎（いい加減な仮名）です。

「携帯もない時代に、テレクラとかダイヤルQ2とか、電話だけで会うやつあったじゃないよ。顔が見えなくて声だけだと、勝手に脳内で好みの美女にしちゃう。それをさせるのが、声が無駄に可愛い女。

しかし実際にカバみたいな女が現れても、お前だましたな、とはいいにくいんだよ。むしろだまされた自分が悪い、となっちゃう。

考えてみたらあっちも、別人にしゃべってもらってるのでもなく、機械で声を変えているんでもない。いわば本人の努力で、本当に自身の声を可愛くしてあるわけだし」

昭和の時代は良かったな、と遠い目をしていいのでしょうか。

74発目●

お宝鑑定士

しばらく前、ある有名男性の物とされるギンギンのチン×画像が流出したのを覚えておられますか。

有名男性は毅然たる態度で、これは完全な虚偽であり、自分は一切関係ない、法的措置を取る、と表明しました。私も、不届き者による捏造だと信じていますが。

思いがけず二丁目界隈といいますか、ゲイさん、男のオネエさん周辺が異様な盛り上がりを見せ、いち早く偽物であると見抜いたのでした。

私もこっそり見ましたが、乏しい男経験に照らし合わせても、こんなデカチンは五〜六本くらいしか記憶にありません。うち一本は夫の、としておきましょう。

それはさておき男のネエサン達は、

「彼の職業からすれば、太腿が細すぎるわ」「あんな高収入の人がこんな安いパンツ、はくもんですか」

といった、私達にも納得できる推理もしているのですが。

「あのお盛んな男なら、もっと淫水焼けしているはず」「いかにも彼に生えていそうなチン×ではある」

といった主観丸出しの感想もありました。そしてどちらも必ずや、

「アタシ達チン×ソムリエをナメないでよ」「こいつは名乗り出て公共のしゃぶられチン×になるべき」

と自身のプライドや欲望を炸裂させているのでした。

しかし真面目な話、自分ではないという証明はまさか、裁判所で本物を見せるというのはないですよね。

ふと思い出すのが、まだガラケーにカメラ機能もなかった頃、ある大物芸人がポラロイド写真ばかり貼り付けた変なアルバムを見せてくれたことです。それ、すべて女の陰部。

彼はいちいち指さしながら、

「これは女優×子、こちらは女子アナ○美、こっちのは歌手□恵」

と説明してくれるんですが、どれもアワビ。とにかくとことんアソコの接写なので、どれが誰のだかさっぱりわかんないんです。

その芸人さんは亡くなられ、あのアルバムはどこにあるんだろう、と遠い目をしたくもなるわけです。

さて、この連載の準レギュラーといっていい、一見するとダンディーな紳士、その実体はハードゲイのオネエ千鳥先生は断言しました。

「このチン×は白人よ。七つの海と新宿二丁目を股にかけてきたアタシがいうんだから、間違いないわ」

局部にはボカシ入れても、真実はむき出しにすべきですね。

75発目●普通じゃない人

私自身の過去はあまり振り返らないのですが、世間を騒がせたスキャンダルや事件については、忘れ去られた頃にけっこう蒸し返します。

少し前にある女性芸能人が、海外のホテルのプールサイドで撮った男性二人との写真が流出しました。

お一人は刺青、しかもファッション感覚のタトゥーではなくガッツリ和彫りが両手足に入っており、もうお一人は小指が詰められてました。

これはもう、誰が見ても反社の方達なのですが。彼女は頑として、

「反社の人とは思わなかった」

といい張ってしまったのですね。

あの和彫りと小指を見て、一般人と思うかと、世間は総出でツッコミまくったわけですが。

もしかしたらたまたま海水パンツの中が見えてしまい、

「真珠が入ってなかったから、反社ではなく一般人」

と思ってしまったのかもしれません。彼女の反社を見分ける基準の第一が、真珠というのはあり得ます。

同じ頃に話題になったのが、ある有名人の元妻が、一年半ほど交際した彼氏に殺された事件です。

彼女は前夫と婚姻中に事件を起こして逮捕歴もありましたが、もちろん隠して婚活というよりパパ活に励み、既婚の金持ち男をゲット。

彼氏にタワマンを借りさせ、有名ブランド尽くし、高級レストランまみれの暮らしを送っていたのに。

彼氏が彼女の免許証を見てしまい、名前も歳も嘘だと知り、本名で検索して過去のすべてを知ったので

す。

　彼氏も彼女に隠し事があると疑い始めたから、免許証を見たのね。

　まずは、本気で再婚しようとしたのに、彼女が渋ったのでしょう。

　さらに彼女はハンドルネームのＳＮＳで豪華なホテルを自慢し、旅行好きをアピールしていたのに、海外旅行は一切なし。海外旅行を嫌がることにも、疑念は膨らんだのでは。

戸籍やパスポートには、生年月日と本名が載ってますからね。

いや、その前に。高須クリニック院長が「わしじゃない」と絶叫しそうな、顔と乳の激しい人工物感。

　刺青でいえば全身和彫りに等しく、チン×でいえば真珠入れ過ぎてトウモロコシ化に相当します。

　そんな全面改装顔と異物感もりもり乳を見て、元一般ＯＬとか普通の主婦と思う人はいないですよ。先の芸能人も元妻彼氏も、まずはそこより先にそこに気づけ、ですわね。

76発目

●日本人の熊好き問題

このところ、よくニュースで熊を見ますよね。ほぼ、人が襲われたという内容です。そして撃った猟友会の人や、駆除を指示した自治体が動物愛護団体に非難され、各地から抗議が殺到、となっています。

なぜ日本人は、こんなに熊に思い入れがあるのでしょう。野生の象やカバのいない日本では、熊が最大級の野性動物ですが、それだけで尊い、といってしまえるのでしょうか。

まず、可愛いキャラクターとして成立してしまっているのもありますかね。プーさん、テディベア、リラックマ、くまモン、熊の人気キャラは数えきれません。

ほとんどの日本国民は、本物の熊とは対峙していないので、可愛いキャラこそが熊なのです。

さて、理恵子画伯（以下、敬称略）がダーリン高須院長との愛の日々を描くことに特化した『ダーリンは××歳』（毎年、年齢を重ねて発刊される。24年1月発売の最新刊では78歳）に限って、理恵子本人が顔のない熊として登場しているのは有名ですね。

漫画の中の理恵子は自分を熊と称し、高須院長もクマと呼んでいます。私も最初から、この顔なし熊を理恵子として受け入れてましたが。

「今更だけど、なんでこの漫画だけ理恵子ちゃんは熊になってるの」

あるときふと、訊ねてみました。

「志麻子ちゃんには見せたことないけど、私って下の毛がすごいんだよ～。五月人形の隣に、髭もじゃの鍾馗様っているよね。ほぼ、あれ」

高須先生の前で初めて、診察のためではなくパンツを脱いだ日のことを語ってくれました。

「熊だ〜、熊嵐だ〜、って、襲われて逃げるふりをされた」

日本人の熊好きの秘密と問題は、理恵子漫画にあるのかもしれません。

そう、理恵子熊には顔がない。

「感情をあらわにするの、照れ臭いもん。熊にすれば、表情を描かなくていいから」

襲われたことのない人にとっては、熊は無表情です。だから内面を勝手に想像し、笑顔にしたりします。

さらに理恵子画伯の優れた物語の語り口と画力で、読者はさらに「顔のない熊」に感情移入と想像力が高まるのです。

一途な理恵子熊は可愛い、理恵子以上にこの熊は可愛い、私の熊は素敵。野性の熊にも、多くの日本人はそんなふうに感情移入してしまうのは困ったことです。

77発目●初体験

いわゆるLGBTの話題を目にするたび、私は自分の単純明快なセクシャリティに、なんとも形容し難い感慨がわきあがるのでした。

いやほんま、私ってシンプルです。性自認も、そのまんま女だし。性愛の対象も、女を好きな男、です。理恵子画伯をはじめ、仲良しの女友達は何人もいますが、彼女らとエロ話をするのは楽しくても、エロい行為をしたいとは思わないし。

自分が男だったら、と想像することはあっても、自分は男に生まれるはずだったとは思いません。ちなみに自分が男だったら、モテない癖に無駄にチン×が大きくて、一目置かれもするけど嘲笑もされてる気がします。何の根拠もないんですが。

さて先日、同じようにスケベに関してはすべてストレートな編集者のSくんに会いましたら。

「初めての体験をしました」

とかいうじゃありませんか。なんでもSくん、あるマッチングアプリで妙齢の美女とマッチングに成功。待ち合わせ場所に出向くと、画像とは別人のような妖怪がいた、ということもなく、なんと画像をも上回る美女がいたのでした。

ただ、声がその可憐な顔に似合わぬ低音なのは意外、と感じたそう。

ともあれ一緒に飲みながらいい感じになったところで、美女から衝撃の告白をされたのです。

なんとその美女、生物学的にも戸籍上でも、男だったのでした。

ちなみに、女性ホルモン注射で胸はほんのり膨らんでいたとか。

「混乱はしましたが、あまりにも彼女がタイプで可愛いんで、誘われるがままに部屋へも行きました」

Sくんは男を好きになったことも、男とやったこともなかったけれど、

「彼女の部屋っていうのが、もう完全に女の匂いがする女の部屋なわけです。あっ、ぼくは女の部屋に来ている、と激しく興奮しました」

そうして裸になってあれこれして、途中までは完全に女とやっている気分だったのに。

「こういう話のオチって、なぜ洋の東西を問わずなのでしょうか」

おもむろに、遠い目をするSくん。私もこの時点で、察しました。

「はいっ、ぼくのより、はるかに立派なモノがついてました」

Sくんは、自分はあの日、初めて男を経験したにも関わらず、女とやった気にもなるそう。彼女としては、それは本望なのでしょうか。

78発目 ● 好みのタイプ

この前、日本に近いアジア某国に行ったんですが。そこで知り合ったイケてる現地のゲイ男性に、「今すぐやりたいハメたい、というムラムラがどうしようもなくなったとき使うのが、まあ、日本にもきっとあるはずのゲイ同士の出会い系、男だけのマッチングアプリだけど。

いわゆるタチ役ならチン×、ウケ側なら肛門の画像を貼付するのが決まり、それが礼儀です」などといわれ、ほんまかいなと叫んでしまいました。

いくら、真っ先にヤリたい、とにかくハメたいとなっても、顔よりチン×、全身よりも肛門だけ、となるもんでしょうか。

百歩譲って、まずはチン×ってのは、ストレートな女の私にもわからなくはありません。だって確かに、好みのチン×ってのはあります。あと、チン×ってそれぞれ特徴があるじゃないですか。個性が際立つじゃないですか。

私の場合、サイズよりカリ高であることが重要。でも、好みの肛門なんて考えたこともなかったわ。てか、肛門なんてイボ痔だの脱肛だのでなければ、そんな見た目に個人差はない気がしますよ。

もっとも、そんなまじまじとたくさんの肛門を観察したこともないですけどね。私がただのチン×好きで、肛門は自分のも相手のも使わないから、もともと興味がなかった、というのもあります。

ともあれゲイ男性の、しかも日本でない国の話なんで、何重にも裏取りできない私は、この連載で準レギュラー化している一見ダンディーな紳士、その実体はハードゲイのオネエ千鳥先生（一応、配慮した仮名）にご意見うかがいました。

「肛門の周りに毛が生えてる子、密生してる子、無毛の子がいるの。

さらに乳首と同じで、色が黒い子とピンクの子がいるわね。

私は肛門に毛がモシャモシャで黒ずんでる子は、どんなイケメンでも嫌っ。やや顔に難ありでも、無毛つるつるのピンク色が好き」

さすがは肛門評論家と感心したら、ぴしゃりといわれました。

「評論家じゃないわよ。ただ肛門を愛しているだけよ」

ちなみに、日本ではゲイさんのマッチングでチン×と肛門の画像貼付は必須ではないそうで、それは某国だけのローカルルールでしょう、とのこと。真偽のほどは不明ですが。

79発目 ●真の勝利とは……

この連載ではもはやレギュラーといっていい登場人物の一人に、一見するとダンディーな紳士、その実体はハードゲイのオネエという文化人の千鳥先生（仮名）がいます。

さて皆さんもうお忘れでしょうが、昨年、九月半ばにこんな話を書きました。

「可愛い子ちゃんとエロ気持ちいいことした話なんか、聞かされる側はつまんない。とんでもないハズレを引かされたイタい話の方が聞いてておもしろく、ネタにもできる。

そしてその体験を乗り越えた人は、試合に負けて勝負に勝った、というふうに成長できるのだ」

ともあれそんな話が掲載された後、多くの男から賛同のエロ拍手をもらえたんですけれど。千鳥先生からは、異議申し立てがあったのです。

「あたしが若くてぴちぴちだった頃、イケメンカップルがお相手しますという広告を見つけて、車で三時間もかけて行ったんだわ。

まず受付のモサいおっちゃんが出てきて、先払いだというの。二人分払って待ってたら、さっきの受付のおっちゃんが裸になってブランブランさせながら出て来たのよ〜。

嫌ーっ、絶叫して逃げたくなったけど、もうお金は払っちゃってる。

もう一人のイケメンと遊べばいいかと待ってたら、とんでもないブタ野郎が入ってくるじゃない。

モサいおっちゃんとブタ野郎だけで盛り上がってんの。あたしはいいツラの皮、ケツの穴よ。

結局あたしは何もできなくて、帰りの車の中でずっと、あいつらを怒ったり恨んだりするんじゃなく、自分自身が嫌になっちゃったの。

何が、試合に負けて勝負に勝った、よ。あたしなんか、試合を放棄したあげく完敗させられたのよっ」

いや、昨日の我に今日は勝つ、という言葉もあるじゃないですか。

他人に勝とうとするより、今日の自分は昨日の自分に勝つべし。

他人に勝っても、自分が強くなったからではなく、たまたま相手が弱かったという場合もあります。

何より自分自身を向上させていくことこそ、真の勝ちであります。

「確かに歳を取るにつれてテクニックは上達していったけど、肝心のチン×の硬度はもはや昨日より今日、ってわけにはいかないわよっ」

いえ、今頃その受付とブタのカップルも、硬度よりテク、としみじみしていると思います。千鳥先生も、再試合はしたくないでしょうけど。

80発目 ●ひとりエッチ!?

以前にも「青菜に塩」を「あ～オナニーしよ」、「花束贈呈」を「あなたは童貞」、「パンプキンでスープ」を「還付金でソープ」と聞き間違えた、空耳してしまった、というネタを書きましたが。

またしても、やっちまいました。

私の今の担当編集者って、各社ほとんど若いイケメンばっかりですが、あまり無邪気に喜べませんよ。この御時世ですから、根が小心者の私はエロ話をしかけては、「若いイケメン相手にこれはイカンな」とブレーキがかかるのです。

ブサメンのオヤジやオバサン世代の女ならセクハラパワハラしていいとは思いませんけど、後者だとなんとなく私と対等な感じがして、あまりためらいなくこちらからエロ話もできるし、なんかいいエロ話ないのと気楽におねだりできるのです。

さて前置きが長いですが、先日ある若いイケメン編集者と初めて会ったとき、私なりに言葉や話題を選びつつ、趣味は何ですか、と最も無難な質問をしてみたのね。

そしたら彼はさわやかに、

「ひとりエッチ」

といい放ったのでした。とっさに反応できず、ぽかんとする私に、

「気持ちいいじゃないですか。好きだから毎日やってますよ」

と畳みかけてきました。私の頭の中では、エロ妄想よりも戸惑いが駆け巡りました。

「岩井センセーには、とにかくエロ話をしてやれ」

と上司に命じられたか、元々の下ネタ好きという理由で岩井の担当に抜擢？　されたか、まさかとは思うが「ぼくをエロい目で見て」と誘っているのか、頭ぐるぐる巻きになったところで、彼が「ストレッチ」と鮮明に発音し直し、私がまたしてもエロな空耳をしていたのが判明。

×ひとりエッチ。○ストレッチ。でもこの場合、勘違いしたまままある程度まで話が進むのも問題なのです。

以前、ある外国で現地の男に、

「あなたヘロイン好き？」

といきなり聞かれて恐怖に固まったのですが、実は「ハロウィン」といっていたのね。これもまた、

「パーティーやるから行こうよ。最初ちょっと怖いと思うかもしれないけど、ハッピーになれるよ」

と続けた言葉が、ヘロインの誘いにも当てはまりそうだったから、困惑が続いてしまったのね。でも空耳は仕方ないけど、薬物はダメ絶対。

81発目●噂の熟女

　私は二十年以上も、東洋一の歓楽街と謳われる新宿歌舞伎町に住んでいるのですが、近所周りに佃煮にできるほど風俗店や飲み屋やホストクラブがあると、それらもすべて日常の風景やいつもの景色になってしまうんですよね。

　ホストの顔や風俗店の求人がドーンと広告になっているぎらぎら派手なトラックも、普通のトラックにまぎれ込んでしまうし。

　いわゆるカタギでない人達も、単なる通行人になってるし。

　さて、私が住むマンションのお向かいにある雑居ビルは、なんたって一階が有名なチェーン展開しているカレー店で、そこだけ見るととっても健全な雰囲気なんですよ。

　この連載で準レギュラー化している、一見ダンディーな紳士、その実体はハードゲイのオネエである千鳥先生（なんとなく配慮した仮名）と歌舞伎町で遊ぶとき、必ずといっていいほどそのカレー店で腹ごしらえするのが決まりになっていました。

　特に深い理由はなく、我が家から近くて安くて手頃なんで。

　それが先日、何気なくテレビを観ていたら、ニュース番組で見覚えあるカレー店が大きく映し出されたのです。しかしカレー店は、事件には直接の関係はありませんでした。

　なんと真上が知る人ぞ知るハプニング・バーで、ついに摘発されたのでした。警察が踏み込んだとき、全裸の男がブラブラさせながら店内をブラブラしていたそうです。

　大衆に連載を持てるほどのスケベの有識者たる私が、そんな店が間近にあるのをニュースを見るまで知らなかったのは不覚、不勉強といえばそうなのですが、外観も看板もひっそり地味で、あまりにも風景に埋没していたのです。

「カレー食べてる千鳥先生のアタマの上で乱交してたなんて、不届きな奴らですね」

「あら。そいつら、ハッスルしてる尻の下に、もっと乱交慣れした達人がいるのを知らずにいたのねぇ」

という会話を交わしていたら、

「そのバーには還暦を超えてるのにドエロい熟女スタッフがいて、彼女目当ての客も少なくなかった」

という情報が大衆の編集者からもたらされたあげく、それが岩井志麻子じゃないかと噂されているのも聞きました。いや、違います。

ドエロいかどうかはおいといて、今現在まだ還暦は超えてませんから。

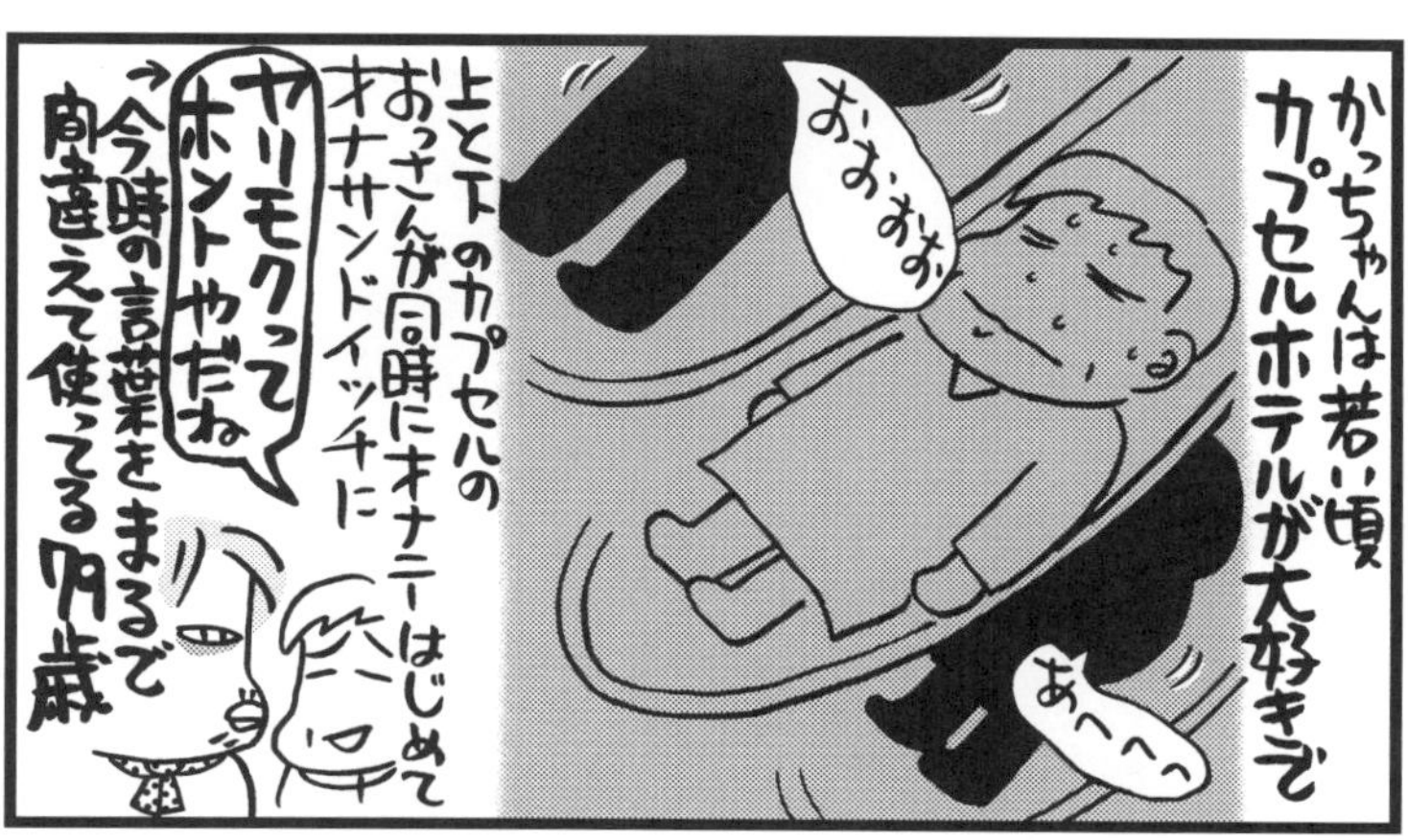

82発目●クンニ童貞

　先日、この連載に関わる面々が集いました。理恵子画伯に私、前担当と新担当、連載が始まる前から飲み仲間でもあったイカす変態編集者K、そして新入社員の若手編集者。

　歌舞伎町の夜の焼き肉店に、我らの下品なエロ話は響き渡っていたのですが、そこで唐突に若手くんが聞き捨てならぬ発言をしたのです。

「ぼく童貞ではないんですが、クンニってしたことありません。だって臭いし、気持ち悪いし」

　最年長の理恵子画伯と志麻子も愕然としましたが、五十路の変態編集者K、妙齢の新担当である女性編集者も唖然としてしまいました。

　ただ、若手の少し先輩である前担当だけは、気まずそうにしました。

　年齢層が高い本誌読者ならおわかりでしょうが、わしら世代がエロいものを見るために、どんだけ苦労したか。スマホなど影も形もない時代、エロ本は自販機もしくは河原などに捨てられている使い古しのしかなく、ビニ本と呼ばれた非合法のモロ見え写真集などは、都会の限られた店でしか買えなかったのです。AVだってラブホで観るか、ダビングしすぎてボケボケのを借りてましたよ。だから多くの男達は風俗含め、生身の女でしかアソコを拝むことはできなかったのです。

　ゆえに宝物のごとく、舐めずにはいられなかったのでした。

「指先一本で、無料の無修正動画を寝転んで見られるから、女性器をありがたがらなくなったのだな」

　と私が怒れば、隣の前担当が泣きそうになりながら、ぼくは舐めますと言い訳しました。理恵子画伯は、

「でも女性器って、はっきりいってグロいっちゃグロいよ。それこそ無味無臭の動画なんかに慣れた若い男

には、ハードル高いよね」

　優しく取りなしてくれましたが、当の若手くんはふてくされるのでも開き直るのでもないけれど、オッサンオバサンに一斉に昔話をされ吊るし上げられ、困惑してました。

「うちの息子も平成生まれだけど、『どんなに臭くても舐めろ。岩井の息子は舐めないなんて噂になったら、オカンの看板に泥を塗ることになるんだぞ』と厳しく命じておる。だから息子には、常に女がいるぞ」

　いきり立って説教する私。セクハラ、パワハラになってもイカンなぁと我に返ったところで、連載始まって以来、同じ話題が二週をまたぐことになりました。以下、次号。

83発目●クンニご意見番

【前号の雑なあらすじ↓この連載の関係者が歌舞伎町の焼き肉店で下品な話で盛り上がっていたら、若手編集者が「ぼくはクンニしない」などといい出した。

「平成生まれは無料で無修正を見放題なので、昭和の世代がどんだけ苦労してエロいものを求めたかわからんから、女性器をありがたがらず舐めないのだ」

主に岩井志麻子が怒り出し、「自分の息子には、どんなに臭くても舐めろと命じ、息子はいいつけを守っている」と説教と自慢をしたが、セクハラ、パワハラは控えて君の今後に期待する、といったん譲歩した】

なんだかんだでその後は二次会も楽しみ、解散。クンニ話もうやむやになったかと思っていたら、新たな担当となった妙齢の女性編集者Yが、翌日こんな依頼をしてきました。

「あれを来週の記事で特集することになりました。『クンニ上手になれば若いイケメンにも勝つ！　オッサンの絶頂クンニ』みたいな感じで。つきましてはコメントください」

飲みながらのエロ話を仕事にしてしまうとは、これぞ大衆クオリティと感動しつつ、応じました。

その後、何人かのスケベ仲間にこの話を振ってみたら。まずは本誌でもご活躍中のイケオジ本橋信宏先生（先生のみ実名）は、

「若い頃、童貞なのに知識だけでクンニをしようとし、まさに異臭で挫折。長らく避けてきたが、これではイカンと最低でも三十分はするようにしたところ、全戦全勝。クンニしなかった空白期間が惜しい」

と真面目に告白してくれた後、

「日本人は風呂好きで体臭も薄いので、クンニ大国になれた」

といったさすがの見解も示してくださいました。さらに歌舞伎町のベテランホスト光司くんに聞いたら、

「クンニしないホストはサービス精神欠如ゆえ、売れません。いかぬならいかせてみようクリト×ス」

さすが、ナンバーワン張っただけあるご意見を突き付けてきました。

そしてハードゲイのオネエという理由でクンニしたことがない文化人の千鳥先生（一応、仮名）は、

「日本人はクンニ好きなの、ふーん、アワビが好きだからかしら」

と、いかにも女に興味ゼロらしい回答をくださいました。

というか、肝心の若手編集者がその後クンニしたかどうか、まだ続報が入ってきてないんですけど。

84発目●AI対エロ

この連載が始まった頃は、しょっちゅう登場していた風俗好きのテレビ関係者、汁太（雑な仮名）を覚えておられるでしょうか。

乱交バーベキューに行ったり、乱交パーティーに参加したり、だいたい乱交してましたね。

そんな汁太がこのところしばらく鳴りを潜めていたのは、風俗に行かなくなったからでも、私と決裂したからでもありません。

単に、人事異動で私と離れてしまっていたからです。たまに風の便りで、相変わらず変な店に通っているとか、志麻子さんに書いてもらえなくて寂しいと泣いていたとか（ちょっと嘘）聞いていましたが。

先日、久しぶりに再会し、さっそくいい話をしてくれました。

「その店は無料オプションとして、嬢のアソコをスマホで撮影させてくれるんです。顔はNG。

ぼくはもう、猟奇殺人鬼のごとく千枚くらい連写したんですが。

今のスマホって、自動的に画像をフォルダー分けしてくれるじゃないですか。料理、海、車、みたいに。

さてぼくに当たった嬢はパイパン、つまりアソコをつるつるに剃ってたんですよ。彼女に限らず、今どきの若い子はほんと、パイパン多いですね。ぼくのスマホも、パイパンでパンパンですよ。

しかし、そのつるつるのアソコだけを集めたフォルダーにつけられたタイトルが、なんと『赤ちゃん』になってたんです。

最新のAIも、エロにはまだまだ追いつけないんですよ」

AIはまだ人類を超えられないのだとしみじみしたとき、ふと昭和のバカな思い出がよみがえりました。

まだフィルムで撮影し、それを町の写真店に持って行って現像してもらっていた頃。

鮮魚店で買ってきたアワビを連写し、たった一枚だけ私の股間にある黒アワビを撮影。そっと本物のアワビの中にまぎれ込ませました。

というのも、公序良俗に反するエロい写真などは、店の人が現像してくれない、という噂があったのです。それを確かめたかったのでした。

ドキドキしながら、少し遠い店にフィルムを預けましたよ。

そして返って来た袋の中を確かめたら、一枚足りない。見事、私の黒アワビだけ抜かれていました。

やはりAIのフォルダー分けより、人の眼の選別の方が確かなのです。

85発目●嘘発見器と肛門

理恵子画伯と私は、この連載では準レギュラーとなっている一見ダンディーな紳士、その実体はハードゲイのオネエという文化人の千鳥先生（かなり配慮した仮名）とのグループラインを作り、日々エロい情報交換をしているのですが。

ある日スマホに、これは千鳥先生に聞いてみたい、というニュースが流れてきました。すぐにＵＲＬを、グループラインに転送。

「ポリグラフ検査にかけられたら、肛門に力を入れて締めるといい。心拍数が上がり、手に汗をかく」

ご存じでしょうが嘘発見器ともいわれるこの機械、全部の質問に「いいえ」と答えるのが決まりです。

「あなたが殺しましたね」「いいえ」「あなたは毎日オナニーしてますね」「いいえ」針が跳ね上がれば、嘘をついていることにされます。

だから常に肛門に力を入れていれば、すべての答えが嘘と出て機械も質問者も混乱し、本当のことがわからなくなる、と。

「ネコ発見器にも使えるわね」

千鳥先生はまず、そう返信してきました。これもご存じでしょうが、ゲイカップルでは掘られる方といいますか、受け入れる側は通称ネコ。

掘って攻める側が、タチ。千鳥先生は、オネエなのにタチなんです。

「好みの肛門を見たら、手と舌が同時に伸びるわ」

妖怪みたいなこともいってます。

「ネコって、ネコであることを隠すのよ。違うって、嘘つくのよ。

せっかくいいチン×もついているのに、尻を優先するのが恥ずかしいし照れくさいみたいなの。も〜、ネコにも才能が要るのよ。お尻が使えるのはたいしたもんなんだけどね。

アタシは、自分のお尻は使えないの。ネコのを使うだけ」

ここまで書いてふと思い出したのが、十一月に催された志麻子ファンツアーです。理恵子画伯も参加してくれたんですが、巨大な花をかたどったゴージャスなスーパーツリーの電飾がシンガポールの夜を彩る大スペクタクルを眺めながら、

「なんかビラビラが肛門ぽい」

「千鳥先生は肛門に突っ込んだとき、脳内があんな感じにピカピカ輝くんだろうね」

と話してたんです。せっかく撮影もしたんですが、バカエロな会話がばっちり入っているため、せっかくのきれいな動画をあまりみなさんに転送してあげられないんですよ。

86発目●素人商売

去年の秋、かなり話題になった食中毒事件がありましたね。

「当店のお菓子は食品添加物なし、砂糖も市販品の半分以下」

そんな宣伝文句の結果、菓子は腐って糸引いてて、買ったお客が嘔吐や下痢に見舞われたというもの。

なかなか炎上が収まらなかったのは、事後の店主の対応がことごとく的外れだったためです。

現物を返品したら返金するといったはいいけど、その現物をレターパックで送れとアナウンスしたり。

変だなと思いながらも食べてしまった人、捨ててしまって現物が手元にない人が多かったんですよ。

そもそもレターパックで保菌食品を送るのはダメと勧告されると、レシートと身分証明書を持ってきたら返金するといいながら、そもそもレシートを発行してなかったのです。

しまいには返金した人に対し、

「レジと照合して合わなかったら、詐欺で警察に訴える」

などと恫喝していたとか。

いかなる出来事もすべてシモの話に結びつけ、たとえてしまう私は、

「これって、『うちの店の子は主婦やOLといった普段は普通の人ばかりで、他店のようなこれ一本のスレたプロはいません。

みんなエッチが大好き。お金目当てじゃなく、素敵な出会いと気持ちいいことだけ求めています』」

みたいなスカスカの宣伝をしたあげく、性病検査も受けさせてなかった、ってことでしょうか。

結果、単なるプロ意識に欠けた女がシャワーも浴びず、サービスも手抜きしまくり、挙句の果てにキッツ

い性病をうつされた、みたいな話ですね。さらに店側が、客からの正当なクレームに逆ギレし、

「うちの子にうつされたという証拠を出せ。ていうかあんた、本番を強要しただろ。罰金を払え」

と脅したようなもんでしょう。

だいたい食品添加物は食品の劣化や腐敗を防ぐためには必要で、毒物じゃありませんよ。あと、砂糖にも腐敗を防ぐ役割があるのです。

添加物や砂糖をただ有害な物とするのは、プロ意識のあるプロを貶めるようなもんですからね。

単なる素人なんて、偉くもありがたくもないわ。てか、何で素人に金払わにゃならんのよ。

それ以前に、店にいる時点で素人じゃないんだから、性病検査は受けろって話にもなりますね。

87発目●地獄か極楽か

2023年、セブン&アイ様が『志麻子と行くシンガポールツアー』を催し、理恵子画伯も参加してくれました。

私のイチオシは、ハウパーヴィラなるタイガーバームの創業者が造った怪しいテーマパークです。

中国の仏教、道教や伝説、神話の教えや場面を味わい深い人形達とジオラマで展示してあり、なぜか等身大の自由の女神や、日本の力士像なども脈絡なく現れ、ガチにカオス。

ここ、昔は地獄コーナーも無料だったんですが、コロナ後は集金しなきゃと、まさに地獄の沙汰も金次第となったのでしょう、地獄コーナーだけ囲って有料となってました。

日本でもおなじみの針の山、血の池地獄などのジオラマを眺め、鬼にノコギリ挽きされたり焼きゴテ押しつけられたりしている死者の人形など見ているうちに、

「ハードMにとっては、たまらんお仕置きだよね」

いつものエロ話になり、

「でも、人によって地獄も極楽も違うよね。誰かの極楽は、誰かにとっては地獄。逆もまた真なり」

真面目な話にもなりました。

「わしらの仲良しの一見ダンディーな紳士、その実体はハードゲイのオネエ千鳥先生(もちろん仮名)。ストレートの男にはウハウハ極楽となる裸の女しかいない世界なんか、先生にはまさに地獄だよね」

「しかもそこで、すべての女にクンニしろと鬼に責め立てられる」

「逆に普通の男には地獄となる、裸の男しかいない世界で全員にフェラしろ、みたいなのは、千鳥先生には

極楽となるしね」

ふとここで、わしらは『週刊大衆』の新入社員くんを思い出しました。

彼は若い男らしく健全な性欲もあり、普通に女好きなのですが、臭くてキモい、みたいな理由でクンニをしないといい放ったのでした。

「私が閻魔様なら、あいつを男しかいない世界に落としてフェラ地獄、と思ったんだけど」

「女の姿はないのに、女のアソコだけがひしめきあっていて、永劫クンニ地獄の方がいいかも」

遠いシンガポールで、一度しか会ったことない新入社員をどんな地獄に落とすか話し合っていたのですが、この連載の担当Yによると、彼はいまだにクンニしてないらしいです。

「執行猶予を長く設定しすぎたか、地獄ではなく現世のわしら」

熟女達、妙な敗北感を覚えてます。

88発目●

『星の王子さま』現象

我ながらしつこいとも思いますが、『週刊大衆』に配属されたにもかかわらず、しかもけっこうヤリチンと噂されているのに、クンニをしない新入社員がいるというネタを何週もまたいで書いてきました。

あれから彼には再会してないのですが、この連載の担当である妙齢の女性編集者Yとは原稿のやり取りをする際、必ずといっていいほど、

「もう彼はクンニしましたか」

「来年になるかもしれませんね」

といったやり取りもしているのでした。考えてみれば彼がクンニをしようがしまいが、私の人生には何の変化も影響もありません。

一度しか会ったことない息子と同い年の彼に、私がしてほしいとも夢にも思ってませんし。

なぜこれほど私がこだわるのか考えていたとき、ふと不朽の名作『星の王子さま』を思い出しました。砂漠に不時着した飛行士が、小さな星からやって来た王子さまと出会う、本来『週刊大衆』とは交わることのない美しい物語です。

ともあれ飛行士は帰還後、夜空を見上げては王子さまを思います。

王子さまは一輪のバラの花を大事にしていて、でもその星には羊もいます。もしかしたら、羊がバラを食べてしまうかもしれない。

そう想像すると、すべての星が涙でにじむのでした。いやいや、王子さまが覆いをかけて、バラを守っているに違いない、今もバラは咲いている。そう想像するだけで、すべての星が笑って見えるのでした。

飛行士は王子さまに出会わなければ、どこかの星のバラも知らず、羊に食べられる心配もせずに済んだのです。でも、知ってしまった。

どこかの遠い星でバラが食べられたか無事かを想像するだけで、幸せにも不幸せにもなってしまう。

これです。私は新入社員の彼に出会い、クンニしないことを知ってしまった。だからこうして夜空を見上げ、彼はまだクンニしてないと想像すれば、次に会ったときまた説教してやらねばとイラつきます。

もうクンニしたかもと想像すれば、道行くすべての女の子が気持ちいい～と悶えているようにも見え、私もウキウキするのです。

しかし作者のサンテグジュペリさんも、八十年の時を経て日本で下品なたとえに使われることになるとは、どんなに夜空を見上げても想像できなかったでしょうね。

89発目 ●粗チンにも劣る所業

いつからか、地下アイドルというジャンルがけっこうなマーケットを形成していますね。テレビや雑誌などではほとんど見かけず、主にライブハウスなどで活動しているアイドルです。

そんな地下アイドルの中では人気のドル子（適当すぎる仮名）のコンテストで、審査員を務めました。

さらに無名の地下アイドル達が集い、ドル子の持ち歌を競うのです。

ステージではドル子の歌だけでなく自分が好きな歌も歌えますが、審査の対象となるのはあくまでもドル子のカバー曲です。

ドル子は歌唱力もあり、私もアイドルとして応援しています。なんといってもドル子、プロ意識が強いんです。全身全霊でアイドルを演じて、観客を楽しませてくれます。

参加者もそんなドル子をリスペクトしている人ばかり、といいたいところですが。私の眉間のシワが深まるのがいました。

A男（仮名を考えることすらメンドくさい）は、自分の憧れるメジャーな男性歌手の歌だけを延々と自己陶酔しながら歌い上げた後、肝心のドル子の歌は手の中の歌詞カードをずっと見ながら、歌うのではなくたどたどしく棒読みしたのです。

明らかに、ドル子の歌をまったく練習してないのが丸わかり。とにかくステージに立って好きな歌を歌いたかっただけで、ドル子の歌は仕方なく歌うふりしたのね。

思い切り最下位につけてやりましたが、こいつエロい場面でもこんなんだろうな、と想像しました。

彼女がいたとしたら、自分がヤリたいときだけ彼女の都合は無視して呼びつけ、フェラだけさせてクンニはせず、自分がイッたら終わり。

それで彼女も満足したと思い込むどころか、彼女が気持ちよかったかどうかなんて、どうでもいい。

もしもここが風俗店なら、せっかくナンバーワンのドル子が相手をしてくれるというのに、目の前でオナニーして終わり、みたいなもったいないことをしやがって。

可憐な女の子の歌を男っぽく歌い上げて感動させたり、あるいは女の子になりきって笑いを誘うパフォーマンスで場を沸かすとかすれば、優勝できたかもしれないのに。

A男のチン×がどんなだか知りませんが、せっかくデカチンでも前戯なしクンニなしで乱暴に突っ込むだけでは、粗チンにも劣ります。

90発目●エロかホラーか

以前、怪談のつもりで聞いていたら、実はけっこうなエロ話だったとか、逆にエロ話を期待していたのに、いつのまにかホラーな結末になっていた、といった話を書きました。

先日も、仕事で会ったちょいイケオジがこんな話をしてくれました。

「子どもの頃、夜中に目が覚めて、ついでにトイレに行こうと廊下に出たんです。そしたら親の寝室の障子に、妙な影が映っている。長い髪を振り乱した女が、テレビから出て来る貞子みたいに四つん這いになって、ゆらゆら上下に横に揺れてる。

怖いというより、見てはいけないものだと直感し、すぐ部屋に戻って布団かぶって息を殺してました。

朝になってから親にその話をしたんです。そしたら親はどちらも微妙な顔で、『寝ぼけたんだ』『そんな変なもの、寝室にはいなかったよ』なんて、揃ってはぐらかす。

モヤモヤしながらも、いつの間にか忘れてったんですが。月日は流れ、ぼくも童貞でなくなってしばらくしてから、あっと気がつきました。

あれ、母親だったんですよ。女性上位で、父親にまたがってたんだ。

だから親も、はっきりと本当のことをいえなかったんだなぁ」

そういや私も子どもの頃、近所の明美ちゃんが「昨日、夜中に目が覚めたらお父ちゃんがお母ちゃんを裸にして縛っとった」といい出し、私は折檻、お仕置き、と思いこみ、怖いお父ちゃんじゃと慄きましたが。

今から思えば昭和四十年代の岡山県の片田舎では、なかなか進んだ夫婦だったのですね。

幼なじみの明美ちゃんはさておき、昨日も男だけど男が好きなオネエに、こんなん聞きました。

「アタシ、見ての通りの態だけど、フェラのテクだけはすごいのよ。ゲイじゃないノンケの男も虜にするくらいよ。だけど最近、本命の彼氏に、女に乗り換えられちゃったの。

もうフラれたことより、アタシよりフェラが上手いってのが悔しくて、こっそり覗きにいったの。

女が彼の乳首をなめてると思ったら、一秒も経たないうちに股間に顔が瞬間移動して、しゃぶってるの。

次に女がまた瞬きほどの間に、彼の顔に移動してディープキス。

あの女、顔だけ瞬間移動、テレポーテーションできる超能力者だったのよ。こりゃ勝ち目ないわ」

この女は超能力者かどうかはさておき、達人なのは確かです。

昔、フツーの温泉宿で

フツーの宴会中
フツーの老夫婦がやってきて
ぺこ
フツーのおセックスするだけき
みんなで黙々と見るというのがあってね
あれは何だったんだろう
どこの特殊趣味サイトにまぎれ込んだんだお前

91発●エロ話の風

たまたま立ち寄った場所なのに初対面の人とエロ話で盛り上がる、しかも達人が現れるという現象があります。これいうとみなさん、

「あんたがとにかく空気を読まず、エロ話を始めるからでしょ」

と決めつけてくるんですが、違います（きっぱり）。普通の話をしていたり、むしろ真面目な話をしていたはずなのに、気がつけば場の空気が、いわば『週刊大衆』色に染められているのです（どんな色だ）。

エロ話が始まる場に私がおびき寄せられるのか、私が来るとエロ話の風が吹いてくるのか、謎です。

てな前置きの後に、先日たまたま寄った店でもそんなことがあったという話です。お向かいに座った、いかにも変態っぽい中年男が突然、

「ぼくは二十年くらい毎晩のように風俗へ行ってますが、徹底して非本番系なので、いわば二十年セックスレス、セカンド童貞です」

謎すぎる自慢を始めたのでした。

「あと×円くれたら本番できるよ、なんて誘ってくる子もいるんですが、頑として断ります。『不正と楽をするな。本番させときゃ客は満足するだろう、なんて甘えるんじゃないっ。手コキの技をもっと磨け』とか説教します」

まるで私が手コキ、じゃない、手抜きして説教されてる嬢のような気分になってうなだれていたら、一見すると真面目そうな爺ちゃんが割って入ってきました。

「なんだかんだいってもやっぱり、ちゃんと店に所属している子とやらなきゃイカンなぁ、と思うよ。

こないだ、道端に立ってる女の子の方から『手と口だけで格安』みたいに声かけてきて。ホテルに入った瞬間、刃物を突き付けてきた。ジジイ金出せって。わし、こう見えて若いとき格闘技やってたんだよ。

女の子から刃物を奪って投げ飛ばした。でもって、『強盗未遂だけじゃなく、殺人未遂もついたら実刑だぞ』と説教して、手と口だけの値段で本番やってきた」

聞き耳を立てていた周りの人達も、いつの間にか非本番にこだわるオッサンVS通報しないことと引き替えに本番した爺ちゃんのどっちが正しいか激論になり、こりゃ今夜中には結論は出ないわ、と感じた私はこっそり店を抜け出したのでした。

私がいなくなった途端に、エロ話が終わってたら、すべては私のせいです、という結論になりますね。

92発目●モテへの一歩

ある俳優は不倫騒動で美人女優の妻と離婚、その後も懲りずに女絡みのスキャンダルを繰り返し、ほとんど引退状態となりました。いつの間にか田舎の山小屋に移り、ほぼ猟師になっているのも話題になったのですが、相変わらずというか後輩の女優達が何人も近くに引っ越して来て彼の狩猟仲間となり、傍目には美女達に囲まれて暮らしているように見えるのね。

確かに長身イケメンの人気俳優だったし、モテ要素もたっぷりあるんだけど、女にだらしない、今は半自給自足生活のほとんど無職、という本来はモテから遠ざかるような境遇にもあるわけですよ。

そんな彼が、なぜ相変わらずモテるのか。私なりに分析し、ここではない別の媒体で書いたら、男達からの反応が興味深かったのでした。

ある程度モテる男達は、私の文章をおもしろがったり共感してくれたり、ときには異論反論を挟みつつも、いずれにせよちゃんと読んで記事の感想も添えてくれてるんです。

そして、おおむね俳優に好意的。

「甘いマスクに危険な香り、男から見てもたまらん」

「女達は、彼に哀しみも見つけて共感するんだよね」

みたいに、男としては好敵手もしくは仲間として称え、女の気持ちにもなってみせるのです。

だけどモテない男達は、まず私の文章にも触れないんですよ。

「あんなのただのクズ男」

「彼に行く女もバカばっかり」

みたいな、感情的なだけの罵倒。いや〜、なんというかもう、

「だからあなたはモテる」

「だからあなたはモテない」

というのが、わかりやすすぎ。

モテたい、そこのあなた。この俳優を真似するのは、そもそも持って生まれたものも違うし、いろんなハードルが高すぎるので、この記事に反応した、モテない男達の方を反面教師としてください。

「こうなりたい」より「こんなふうにはなるまい」と心がけるだけで、モテへの一歩を踏み出せますよ。

ところでこれはまったくの私の妄想ですが、彼はどの女にも丁寧にクンニしそうですよね。

頑固にクンニはしないといい張っていた大衆の新入社員くんも、

「しようかと思い始めました」

といい出し、まだ実行には移さずとも、彼も一歩は踏み出しました。

93発目●正直者

　この連載が始まった頃は、しょっちゅう登場していたテレビ関係者の風俗好き汁太（雑な仮名）。異動で会う機会が減り、最多登場回数をハードゲイの千鳥先生（もちろん仮名）に取られてしまいましたが、先日たまたま会ったので汁太の最新風俗情報を記しておきます。

「先日、予約もしてないのに風俗店の方から電話かかってきて、びっくりしたんです。確かにその店、ちょっと前には行ったんですが」

「汁太くんが優良客だから、優待券もらえるとか。あるいは、もっと『週刊大衆』に書いてもらえるようがんばれ、と励まされたのかな」

「そんないいもんじゃないですが、いい話にはできる……かも。

　プレイした女の子が、検査の結果××（註・死に直結するほどではないが、軽い笑い話にもできない性病）の陽性が判明したとかで、彼女の客になった身元が確かな人にはみんな、『病院行って検査を受けてください』と電話してるんだそうです。

　当たり前といえば当たり前だけど、良心的といえば良心的ですよね」

「なるほど、こういう場合のリスクを考えれば、やっぱりちゃんと店に所属してる子を選ぶべきね。道端に立ってる子とか、病気になっても知らん顔だし、検査も受けずまき散らすだろうしね。

　で、汁太くんは病院に行ったの」

「実はぼく、その彼女と会うかなり前にも、××に感染したことあるんです。××は初期なら注射や飲み薬で、わりと簡単に治るんです。

ただ完治した後も、検査すると××に感染した反応が出るようになるんで、それを店に伝えました。

『確かに陽性が出たけど、それはお宅の嬢のせいじゃないかも』と。

そしたら店の人、『あなたは正直者ですね。同じように、過去の病歴の検査結果で、お宅の女に移されたから治療費を払え、みたいに脅してくる客も少なくないのに』と感激してくれました」

なんかわかんないけど、いい話を聞いた気になっていたんですが。

当の嬢のSNSを見ると、てへっ、ちょっと体調崩しちゃったぁ、みたいな軽い調子で××についてはさらっと流した後、夢中になっているホストのことばかり書いてました。

汁太もそれに関してだけは、

「そのホスト、感染に気づかず放置して、鼻がモゲりゃいいのに」

と黒い笑顔を見せました。

94発目●変態とは……


　ほぼ毎日のように、迷惑メールって来ますよね。え×ねっと、Ａｍａ×ｏｎ、イオ×カードなど、有名どころの偽装をするのが定番。詐欺に名前を使われ、悪事に利用される企業もまたお気の毒です。

　こんなの開きもせず削除しますが、たまに変な感心をしたり、思わず返信したくなるのもあるんですよ。

　先日も、「あなたが危険人物としてネットで話題になっています」なんてタイトルのメールが来ました。

　そんなタイトルで不安になった人が添付のＵＲＬを開けば、変なサイトに誘導される。という、ありがちなやつなんですが。

「私はリアルでも危険人物として有名です」と返信しかけました。

　さっき来たのも、これもよくあるやつですが、ふと考え込まされてしまったのでした。本誌読者なら見覚えがあるはずのそれを要約すれば、

「あんたがエロ動画を見ながらオナ×ーしている姿を、こちらが仕込んだスパイウェアで録画した。電話帳も乗っ取ったから、関係者すべてに恥ずかしい動画をばらまかれたくなければ、ナントカのビットコインを〇〇ドル購入して送れ」

　という感じ。これ久しぶりに来たなと思いつつ宛名を見れば、「変態さんへ」となっていました。

　なんだかここんとこに、エロい意味ではなくムラムラしました。

　この文面を考えた奴、送り付けてきた奴、ド詰めしてやりたい。

　まず、ここでの変態さんという呼びかけは明らかに敬意はなく、侮蔑や嘲笑の意味で使っていますね。

　変態とは、凡百のスケベを超えたステージの高い人達ですよ。刑法に抵触せず、人様に迷惑をかけなけれ

ば、何をやっても許されます。

相手がいるとしても、合意さえあれば部外者は何も関与できません。

何より「エロ動画を見ながらオ×ニー」、これのどこが変態ですか。この上なく平凡な人でしょう。

オ×ニー姿を見られて興奮する変態もいる、そんなことすら知らないのか。詐欺師の癖にド素人め。

私は、動画見てオ×ニーなどしません。器具も使わず指一本動かさず、脳内の妄想と独自の呼吸法だけでイケるので、本当にその場面を録画されたって、オバサンがボーッとしてる静止画像しか撮れませんよ。

ばらまかれても、見た人は困惑するばかりですぞ。何より私は、それらを想像して喜ぶ変態なのです。

95発目●変態の定義

前号の続きというわけでもないのですが、今号も「変態」をテーマにお送りします。

よく、飲み仲間のタレント玉太郎（適当すぎる仮名）とも、

「ぼくらって単なるスケベであって、変態ではないよね」

「あまり特殊な趣味も、少数派に分類される性的倒錯もないし」

みたいに話し合ってます。理恵子画伯だってエロ話におもしろおかしく乗っかって来てはくれますが、ダーリン高須院長とはもはや純愛の域に到達しておられるし。

ここによく登場する人でも、汁太（以下、すべて雑な仮名）は単なる風俗好きだし、亀男は性的なものに限らず、とにかく好奇心旺盛な人。

『週刊大衆』関係でいえば、昔からの飲み仲間Kくんは「性の知識とバリエーションが豊富なエロ週刊誌のヤリ手スタッフ」だし、問題児の新入社員は「ヤリチンの癖にクンニしない不届き者」に過ぎません。

となると、ここはもう最多出場を誇る千鳥先生に聞くしかありません。

ご存じのように、ハードゲイ絶倫バリタチオネエです。

この属性と肩書だけで、凡百のスケベとは一線を画すのがわかります。が、千鳥先生が変態かとなると、なんか違う気もしてくるのでした。

一応、おことわりしておきますが。私らは、変態はエロステージの高い達人と尊敬してますし、良くも悪くも同性愛者をそれだけで特別視はいたしませんよ。

「ゲイがチン×でケツの穴を掘るのは、自然なこと。つまりノーマル、ストレート。でも、尻に手や腕を入

れるフィストは変態よ。

　世間一般の異性愛者からは、ゲイというだけで変態と見られてしまうのもまた、現実の側面だけどね。ていうか、アタシは老け専でもブス専でもデブ専でもなく、ごく普通の若いイケメンが好きな、ごくごく普通の人でもあるの」

　専門家に丁寧に教えていただいても、ますますわけわかんなくなってきたところで、テレビにイケメンのスポーツ選手が映りました。千鳥先生、きゃあっと乙女のように頬を染め、嬌声をあげました。

「掘りたいけど〜彼は肛門キツそうね。括約筋が活躍しすぎてて」

　もしかして、千鳥先生は普通でも変態でもなく、単におもしろいだけの人かもしれない、そう思ってしまいましたわ。

96発目●趣味嗜好

業界の偏った人達としか付き合わず、やばい交友関係だけがある。そんなことはありません。私だって健全な常識人が集う、ごく普通の趣味やスポーツのサークルなどにも所属しているのでした。

その中の一つ、としておきましょう。共用の掲示板というのかSNSグループを作り、共用アカウントで情報交換などしていたのですが。

そのメンバーに、さわやかで温厚な好青年がいて、仮に雁高くんとしておきましょう。

なんと雁高くん、真面目に有意義な情報を書き込んだ後、うっかりログアウトせずにいたのです。

その共用アカウントのまま、個人的な検索をしてしまったのね。

なんとそれが、「人妻」「熟女」だったのでした。

閲覧している全員がもれなく、雁高くんがそんな検索をしている、つまりそんな趣味嗜好があるのが、全公開されてしまったのでした。

しかし雁高くんは悪あがきも悪びれもせず、にこやかなまま、

「はい、ぼく熟女好きなんです」

と対応したため、元から好感は持たれていたのですが、特に我ら熟女チームからの評価は爆上がりしてしまったのでした。

私も基本、人様の趣味嗜好に文句つけたり貶したりは避けたいのですが。やはりここで雁高くんが「幼女」「スクール水着」、などを検索していたとしたら。

少なくとも我ら熟女グループからは、今後付き合わないとまではいきませんが、かなり冷ややかな目で見

られ、避けられたでしょうね。

という話が、そのサークル仲間の話題に上がったとき、

「しかし雁高くんもグループ全員に知られたことより、岩井志麻子に知られてしまったことの方が一大事、痛恨の極みじゃないの」

「エロ界の共同通信との異名を取る岩井センセイに知られたら、まずは『週刊大衆』に書かれ、『5時に夢中！』生放送でネタにされるのは確実だもんねー」

などと同情されていました。実際、こうしてここに思い切り書いているわけですよ。

考えてみれば私も、大衆さんのエッセイ書くときはエロい検索ばかりしてますが、それはあくまでも情報の裏付け、確認のため、つまり仕事のためですから、という言い訳が利きます（たぶん）。

97発目 ●モテない理由

周りの人達のエロネタを片っ端から書いているのですが、みなさんあれこれやらかすということは、つまりお盛んだということです。

今回ここに初登場となるのは、学歴や社会的地位、何より収入は高いのに、驚くほどモテない男です。

私と同世代ですが、結婚歴どころか彼女いない歴=年齢ってやつ。

その職業だけでアドバンテージといいますか、いきなり高い持ち点を与えられ、モテるはずなのに。

屁垂と書いてヘタレとかトホホな仮名にしてしまいますが、屁垂先生と初めて会ったのは、あるパーティー会場でしたね。

「屁垂先生は独身なんですってね。どんな女性がタイプなんですか」

そこにいた女達が別に自分を売り込もうとしてではなく、他に話題もないので話を振ったんですよ。

「誰でもいいんですよ〜、ぼくの子どもさえ産んでくれれば」

この回答に、妊娠出産は微妙、もしくは不可能な年頃の女達は鼻白み、若い女達はドン引きしたのでした。

真っ先に「フェラ上手なこと」とかいわれても引きますが、いきなり出産てのも生々しすぎます。

別に私ら、屁垂先生と結婚したいわけではなかったけれども、前者は「試験すら受けさせず不合格」とされ、後者は人間としてではなく産む機械みたいに扱われたわけですよ。

常にこういう対応をするので、別に居丈高だったり無礼だったりではなく、むしろ温厚で紳士的であるにもかかわらず、「アレは無理」とどの女達も去っていくのね。

こないだもある有名女性から、

「屁垂先生が合コンに来てたんだけど、私に向かって『女子アナの○子ちゃん紹介して』なんていうの。『先生は○子ちゃんの父親より年上だから無理ね』といってやったら、『でもお金あるよ』だって」

と伝えられ嘆息しましたが、屁垂先生はさかんに「岩井志麻子と飲み仲間」をアピールしていたとか。

岩井志麻子と友達アピールしても、婚活においては無意味すぎ。

といって精力自慢、サオ自慢なんかされても気持ち悪いだろうし。

チン×さえデカけりゃいい、という女がいないように、金さえあればいいという女もいないんですよ。

私はだいたい男は体目当てかネタ目当てで、金目当てではないですね。だから屁垂先生とも、交友関係が続いているのかもしれません。

98発目●ブス好きな男

タイプじゃない顔の人とヤらなきゃならなくなったとき、枕や布団をかぶせてヤッたとか、ときおり聞くことがありました。

それと似て非なる話ですが、歌舞伎町の人気ホストがものすごい大金持ちの太客と枕しなきゃならなくなったとき、まずは顔が怖いからバックでやろうとしたんですって。

そしたらその太客はベリーショートの髪型なんで、後ろからだとオッサンに見えてしまい、まだ前向いてる方がオバサンとはいえ女に見えるので、ちゃんと正常位でヤりました、なんて自慢されたこともあります。

風俗嬢には、客の顔はみんな福沢諭吉と見ている、なんてきっぱりいう子もいますね。

風俗嬢を呼んでおきながら、好きなAVばかり観ていて、その間ずっと嬢にしゃぶらせている、なんて客の話も聞きました。

そんなんだったら男は、AV観ながらオナホかテンガ使ってりゃいいのにとも思いますが、やはり人肌が欲しいのでしょうか。

先日、取材させてもらった風俗嬢フー子（適当すぎな仮名）は、ちょっと落ち込むことがあったとか。

「ある店のイケメン人気ホストが、ブス好きと評判なんです。

でも本人はブス好きとは思ってなくて、本気で自分は面食いと思い込んでいるんですよ。

ホストクラブの自分の客は、顔ではなく金額で区別していて、そこはわかりやすくていいんですが。

仕事を離れた風俗やキャバなんかに行くと、思いっきり自分好みのブスを選ぶって。

つまり彼に美人だと誉められたら、世間一般からはブスと見られてるってことですよ。彼に気に入られなかったら、大勢の人には美人と見られてるってことです。

　こないだ彼が初めてうちの店に来て、いろんな意味でドキドキしましたよ。そしたら彼、私を気に入って指名したんです（泣）。でも彼、ほんっとイケメンで。顔見てるだけで、ときめきます。こんなイケメンになら、私が金払ってもいいと思わされるほど」

　好きな男に美人と思われ、でも世間ではブス扱い。好きな男にブスと思われ、でも世間では美人扱い。

　どっちが女として幸せなのか。来世はヤリたい放題の粗チンと、モテない巨根とどっちに生まれたいか、というような話でしょうか。

99発目 ●犬か豚か

ちょっと前に、この連載における期待の新人、雁高くん（もちろん仮名）のことを書きました。あるサークルに所属している彼は、仲間内で共有するアカウントでうっかり個人的な検索をしてしまい、それが「熟女」「人妻」であったため、逆に我ら熟女グループからの好感度が上がってしまったという話です。

そのとき、私は人様の趣味嗜好や性癖に文句やケチをつけることはしない、とも書きました。

その考えは変わりません。犯罪行為に手を染めなければ、頭の中では何を思うのも自由、妄想の中でなら何しても罪にはなりません。

とはいうものの、雁高くんが「スクール水着」「幼女」なんかで検索していたら、我ら熟女グループからは絶縁まではなくても冷ややかな目では見られる、とも書きました。

今回は、まさかの後日談です。その話で盛り上がっていたとき、ある偉い社長さんがとんでもない告白をしてくれたのでした。

「わしゃ、幼女や少女のスクール水着になんか、何の興味もない。

わしゃ、熟女にスクール水着を着せるのが好きなんじゃ。

だからわしの検索は『熟女』『スクール水着』じゃ」

これにはわしら熟女グループも、

「これは審議入りかしら」

「いや、この場で上級者認定」

となりました。なんといいますか、変態に貴賤はなくても、変態にも格付けはあるのです。

ちなみにその社長さん、女王様に鞭打たれているとき、女王様にこの犬め！　などといわれて激怒し、プレイをいったん中断、女王様を土下座させて全裸のまま仁王立ちし、説教したという逸話もあります。

「わしは犬じゃない。豚だ」

と厳かにいわれ、女王様も気を取り直し、この豚め！　ビシーッ！　と鞭を振るったら、社長さん大喜びで悶えたそうです。

ちなみにこの話をテレビでしたら、豚さんグループと犬さんグループの討論会になってしまいました。

「犬はしょせん、人間に可愛がられるし、人間に媚びてる。それらのないぼくら豚こそが真のM」

「何をいう。心の交流があってこそのSMプレイ。ぼくら犬が人間との主従関係を極められる真のM」

あまりにも、変態の道は険しく遠い。私は平凡なスケベでいようと、改めて思わされました。

100発目●ギャンブルと風俗

記念すべき第百回目ですが、本誌のクンニしない新入社員がついにナメまくったとか、理恵子画伯のダーリンが真珠を百個入れて画伯がヒイヒイゆわされる前にズボンがはけなくなって困っているとか、最多登場回数を誇るハードゲイのオネエ千鳥先生（雅な仮名）が初めて女とハメたとか、志麻子が三度の飯より好きなオナニーをやめたとか、そんなん一切ありません。

関係者一同、たまにエロなことをしたり考えたりしながらも、淡々と日常を送っております。

そこでふと、日本人大リーガーの専属通訳だった人を思うのです。

彼の日常は、もちろん普通の部分もあったんでしょうが、連日お祭りで非日常的な興奮に満ちていたんじゃないかと想像するわけですよ。

その上に、さらなるアドレナリン噴出を求めて巨額の博打や横領にハマってしまったのね。

その興奮とこの興奮は別物ってのは、わかります。私はパチンコからパを抜いたものしか興味がなく、ギャンブルは興味0なのです。

だから身近なギャンブラーのテレビ関係者、亀男（適当すぎる仮名）に聞いてみました。理恵子画伯もなかなかのギャンブラーですが、画伯は借金まみれになったり犯罪に手を染めたりしない愛好者であり、依存者ではありませんから。

亀男は、けっこうクズ寄りです。

「ギャンブルで追い込まれる人は、自転車操業になってるんですよ。負けた分を取り返そうと借金して、さらに負けて借金増やして、でもたまに勝てて、それを返済じゃなく次の賭けに使う。そのループの中に、もう破滅するかも、という絶望感と焦燥感の後、借金返済の工面ができた、勝った、というのも来る。

命の危機を味わった後の解放感、それが激しい幸福感になるんです」

ギャンブルはしないけど怪しい風俗ばかり行く、これもテレビ関係者の汁太（雑すぎる仮名）も、

「変な女しかいないとわかってて行くんですが、毎回お化けみたいな女に煮え湯を飲まされても、たまに気立てのいいエロい美女に当たったりするんですよ。

それが激しい幸福感になるので、最初からいい女がいるとわかりきっている高い店には行きません。そこには望外の大当たり、ないもの」

なんていってて、汁太も一種のギャンブラーだと改めて知ったわ。

おわりに

同い年、同級生というのは、格別な間柄である。子どものとき同じ町に住んでいなくても、一度も同じ学校に通っていなくても、ずっと仲間、級友、幼なじみと思えてしまう。

同い年で大親友という間柄であるが、理恵子ちゃんと出会ったのは互いに荒波にモミモミされ、酸いも甘いもイカ臭いも噛み締めた熟女になってからだ。

だけど、いや、だからこそ大親友になれたのだと思う。たとえばもし同じ小、中学校だったら、あまり親しくなってない気がする。それは中瀬ゆかりちゃんにもいえることで、大人になってから出会ったがゆえに認め合え、引き合わされたのだ。

それにしても、全編に渡って下品な熟女のエロ話という体裁の本であるが、行間を読み取れ、余白の美を見出せる読者だけには、根底に流れる抒情の詩や透き通った光が感じられるであろう。
そんなもんあるかい、と鼻で笑うあなたには、今夜わしらがエロい夢に出てやるからな、と脅しをかけておく。

2024年12月

岩井志麻子（文）
西原理恵子（絵）

●初出
本書は「週刊大衆」2022年4月25日号～2024年7月15日号にて掲載された連載
「熟成肉女♡召し上がれ」（文・岩井志麻子／イラスト・西原理恵子）を加筆・修正したものです。

●岩井志麻子（いわい・しまこ）
1964年12月、岡山県生まれ。少女小説家としてデビュー後、
99年『ぼっけえ、きょうてえ』が日本ホラー小説大賞を受賞。
翌2000年に山本周五郎賞受賞。02年『チャイ・コイ』で婦人公論文芸賞、
『自由戀愛』で島清恋愛文学賞をそれぞれ受賞。
同年『岡山女』が直木賞候補になる。『でえれえ、やっちもねえ』『凶鳴怪談 呪憶』
『おんびんたれの禍夢』『ふるさとは岡山にありて怖きもの　岩井志麻子怪談掌編集』など著書多数。
東京MX『5時に夢中』木曜レギュラーをはじめテレビでも活躍。

●西原理恵子（さいばら・りえこ）
1964年11月、高知県生まれ。武蔵野美術大学在学中に『ちくろ幼稚園』でデビュー。
97年『ぼくんち』で文藝春秋漫画賞、
2004年『毎日かあさん　カニ母編』で文化庁メディア芸術祭マンガ部門優秀賞、
05年『毎日かあさん』『上京ものがたり』で手塚治虫文化賞短編賞、
11年『毎日かあさん』で日本漫画家協会賞参議院議長賞を受賞。
著書に『パーマネント野ばら』『女の子が生きていくときに、
覚えていてほしいこと』『りえさん手帖』『ダーリンは79歳』シリーズなど。

装　丁●星野ゆきお VOLARE inc.
作画協力●麓愛
撮　影●小島愛子
取材・文●神谷仁（68～73ページ、154～159ページ）
編　集●武居由恵　双葉社

サイバラ志麻子《しまこ》 悪友交換日記《あくゆうこうかんにっき》

2025年1月25日　第1刷発行

著者●岩井志麻子《いわいしまこ》　西原理恵子《さいばらりえこ》

発行者●島野浩二
発行所●株式会社双葉社
〒162-8540　東京都新宿区東五軒町3番28号
TEL.03-5261-4818［営業］　03-5261-4827［編集］
http://www.futabasha.co.jp/
（双葉社の書籍・コミックが買えます）

印刷所●三晃印刷株式会社
製本所●株式会社ブックアート

ISBN　978-4-575-31947-7　C0095